FANTASY FRONTIER SPIRIT
이성현 판타지 장편 소설

불멸의 대마법사

ARCHIMAGE OF
IMMORTAL

불멸의 대마법사 6

이성현 판타지 장편 소설

초판 1쇄 찍은 날 § 2012년 4월 25일
초판 1쇄 펴낸 날 § 2012년 5월 2일

지은이 § 이성현
펴낸이 § 서경석

편집부장 § 권태완
편집책임 § 박우진
디자인 § 이혜정

펴낸곳 § 도서출판 청어람
등록번호 § 제1081-1-89호
등록일자 § 1999. 5. 31
어람번호 § 제1-1373호

주소 § 경기도 부천시 원미구 심곡2동 163-2 서경B/D 3F (우) 420-822
전화 § 032-656-4452 팩스 § 032-656-4453
http://www.chungeoram.com
E-mail § chungeoram@chungeoram.com

ISBN 978-89-251-2851-1 04810
ISBN 978-89-251-2640-1 (세트)

6

Reboot

이성현 판타지 장편 소설

FANTASY FRONTIER SPIRIT

불멸의 대마법사

ARCHMAGE OF IMMORTAL

청어람
도서출판

CONTENTS

Chapter 44
또 한 번의 성장

1

'그럴 리가 없어.'

나르디안은 방금 전 일어난 일을 받아들이기 힘들었다.

아직 스무 살도 안 된 소년의 검에서 뿜어져 나온 오러가 그녀의 오러를 뚫고 왼쪽 뺨을 스쳤음을 인정할 수 없었다. 하지만 가로로 길게 자리 잡은 상처 아래로 붉은 피가 흘러내려 목 안으로 스며드는 것을 분명히 느꼈다.

'내 오러가 뚫리다니, 말도 안 돼!'

같은 그랜드 마스터인 프레드릭을 상대로 우세를 점했던 그녀였다. 예상보다 훨씬 빨리 그녀의 앞을 가로막은 호위병들 정도야 프레드릭 한 명만 이긴다면 쉽게 해치울 수 있을 거라 믿었다.

'방심했어. 워락을, 그것도 제이워드가 키울 줄이야…….'

아군일 때엔 그 누구보다 믿음직했고, 전쟁이 끝난 후 죽이려 했을 땐 그 누구보다 힘들게 싸워야 했던 제이워드.

오러와 마법을 동시에 쓸 수 있는 존재는 그것 자체만으로도 괴물이고, 아군으로 만들지 못한다면 어떤 수를 써서라도 빨리 해치워야 한다는 그의 말이 생생하게 떠올랐다. 그 괴물이 다름 아닌 그의 손에 의해 키워졌다는 생각에 소름이 돋았다.

나르디안은 또 하나의 검을 꺼내 왼손에 쥐고 뒤를 돌아보며 크게 휘둘렀다. 그녀의 검에서 뿜어져 나간 오러가 반달 모양으로 뻗어나가더니 건너편 관중석에 명중했다. 폭발음과 함께 돌과 나무 파편이 먼지에 뒤섞여 하늘 높이 솟아올랐다.

"……!"

블링크로 나르디안의 등 뒤에 나타난 레이지는 룬 문자를 읊다가 나르디안이 두 번째 검을 꺼내는 걸 보고 급히 자세를 낮췄다. 아주 간발의 차이로 오러를 피한 레이지의 머리 위로 잘려 나간 머리카락이 나풀거렸다. 레이지는 두 손을 땅바닥에 대고 다시 룬 문자를 읊기 시작했고, 이에 맞춰서 프레드릭은 자신의 목에 휘감긴 아트락스를 붙들고 잡아당겼다.

"프레드릭 경! 이거 놔!"

나르디안은 프레드릭의 이름을 외치며 아트락스에 모든 오러를 주입했다. 그러자 수십여 개로 나뉘진 검날이 강렬한 오러를 뿜어내며 더욱 날카로워졌다. 프레드릭의 두 손은 완전히 피투성이가 되어버렸고 검날이 뼈에 닿을 정도로 깊숙하게 파고들었다.

급기야 나르디안은 아트락스를 위로 휙 들어 올린 뒤 땅바닥을 향해 내려쳤다. 프레드릭의 몸이 높이 떠올랐다가 아래로 처박히더니 흘러내린 피와 먼지가 뒤섞여 엉망진창이 되어버렸다. 그럼에도 그는 끝끝내 아트락스를 붙들고 놔주지 않았다.

"하아앗!"

기합 소리와 함께 레이지의 검이 나르디안의 오른쪽 뺨을 스치고 지나갔다. 이전과 똑같이 그녀의 오러는 무려 4단계나 낮은 레이지의 오러를 막아내지 못했다.

아니, 단순한 오러가 아니었다. 세 가지 마법이 포함되어 격렬하게 소용돌이치고 있는 레이지의 오러는 거의 랭크7의 위력에 육박했다.

나르디안은 뒤로 다급히 후퇴하면서 아트락스를 좌우로 크게 흔들었다. 바닥에 끌려다니던 프레드릭은 결국 아트락스의 검신을 놓쳐 버리고 쓰러졌다. 그녀는 아트락스의 나누어진 검신을 하나로 결합시켜 원래 검 모양으로 복귀시켰다.

카앙!

레이지의 검과 나르디안의 보검 아트락스가 서로 격돌하며 강렬한 오러를 내뿜었다. 서로 검을 맞대며 물러설 줄 모르는 둘이었지만, 차츰 레이지 쪽의 검이 뒤로 밀려나더니 검신 중심에 가는 금이 쫙쫙 가기 시작했다.

'역시 보검 아트락스를 상대로는 보통 검으로 무리야.'

레이지는 검이 부서지기 직전에 블링크로 후퇴했다. 그리고 금이 간 검 대신 새 검을 뽑아 들려 했지만 이내 관두었다.

'베른과는 달리 접근 자체는 용이해서 편하군. 하지만 조금이라도 방심하면 안 돼. 눈앞에 있다 해도 항상 등 뒤를 유념해 두어야 해.'

레이지는 복수에 대한 일념을 냉정한 판단력으로 억누르며 적절한 수준으로 유지하려고 노력했다. 베른 때와 달리 너무 긴장하지 않고, 그녀의 동작 하나하나를 놓치지 않고 눈에 담아두었다. 적으로 나타난 이상 철천지원수이거나 처음 만난 상대라 하여도 쓰러뜨려야 한다는 사실 하나만은 변함없다. 단순하게 상대의 능력과 자신의 능력을 비교해서 이길 수 있으면 이기고, 그렇지 못한다면 어떻게든 틈을 발견해 승리 가능성을 높이면 된다.

'역시!'

레이지는 그녀의 모습이 정면에서 사라지는 순간 등 쪽을 확인하지도 않고 뒤로 검을 찔러 넣었다. 금이 가 있던 레이지의 검은 결국 나르디안의 검을 버텨내지 못하고 부러져 버렸다. 하지만 그와 동시에 잘려 나간 검신 위로 직선 형태의 오러가 불길에 휩싸인 채로 뿜어져 나왔다. 아쉽게도 무언가 뚫고 지나가는 감각은 느껴지지 않았다.

"크윽!"

순간 레이지의 몸이 수그러지며 오른쪽 무릎을 꿇었다. 나르디안의 몸에서 뿜어져 나온 오러가 그를 짓눌렀기 때문이다. 베른의 압도적인 오러보다 약하긴 했지만 그랜드 마스터의 오러를 레이지의 오러만으로 막아내긴 무리였다. 레이지는 고통을 억지로 참아내며 마나의 장벽으로 몸을 둘러쌌고, 그와 동시에 그의 등을 노린 나르디안의 검이 마나의 장벽을 꿰뚫고 땅바닥에 꽂혔다.

블링크로 나르디안과의 거리를 벌린 레이지는 거칠어진 숨을 고르며 새 검을 검집에서 뽑아냈다. 오러와 마법의 융합이 지닌 위력을 실감한 나르디안은 섣불리 접근하지 못하고 그와의 거리를 유지했다. 동시에 쓰러져 있는 프레드릭이 언제 일어날지 주시하고 있었다.

'한번 그걸 시도해 볼까?'

베른의 습격 때와 달리 상대의 상황을 파악하며 전투에 임할 수 있게 되자 레이지는 그동안 단지 구상에 머물렀던 전투 방식을 떠올렸다.

마법과 오러의 융합이 반드시 자신이 구현한 것만으로 가능하다는 제한을 들어본 적은 없었다. 자신의 마법에 상대의 오러가 격돌하는 순간, 잘만 컨트롤한다면 그 두 개를 융합하는 일도 가능하다고 생각했다. 제이워드였을 당시 수도 없이 봐온 나르디안의 오러는 이미 머릿속에서 분석된 상황이다.

"레이지님!"

바로 그때 검술대회장 입구 쪽에서 오를레앙의 외침이 울려 퍼졌다. 그는 카트린느와 호위병들을 이끌고 나르디안의 부하들에게 달려들었다. 팽팽하게 전개되던 전투는 천천히 한쪽으로 기울기 시작했다.

2

검과 검이 맞부딪치는 소리와 기합 소리, 그리고 여기저기서 터지는 비명이 서로 뒤섞여 메아리쳤다.

보르지아 6세에 더 이상 다가가지 못하도록 호위 병력들은 필사의 각오로 괴한들의 공격을 막아냈다. 시간이 지날수록 길레터 왕국의 기사들이 우세해졌지만, 방어하는 쪽이나 공격하는 쪽이나 모두 많은 이들이 차가운 땅바닥에 쓰러져 피를 흘리고 있었다.

"……."

단 일 격에 전투 의욕을 상실해 버린 케이지는 주저앉은 채 멍하니 부하들을 응시하고 있었다. 그의 몸 이곳저곳에 난 상처에선 더 이상 피가 흘러내리지 않았다. 아트락스에 휘감겼을 때 겪었던 극심한 고통은 사라진 지 오래였다. 검과 검이 쉴 사이 없이 부딪치는 난전 속에서 그는 운 좋게 살아 있었다.

'몸이 말을 듣지 않아. 내 의지와는 상관없이…… 왜?'

처음 프레드릭과 맞선 이후 그는 남들에게 일부러 표출하지 않고 감추어두었던 자긍심의 대부분을 잃어버렸다. 그리고 프레드릭과의 반복된 대련을 통해서 조금씩 회복시켰다. 새로운 기술을 거의 완성시켰을 때만 하더라도 그 어떤 상대가 나타나든 간에 최소한 일방적으로 밀리지는 않을 거라는 확신이 들었다.

그러나 그건 크나큰 착각이었다.

"단장님! 괜찮으십니까?"

"제나 경?"

케이지의 직속 부하 제나는 홀로 주저앉아 있는 케이지를 발견하고는 급하게 달려갔다. 그녀는 케이지를 부축해 일으켜 세웠지만 그의 두 다리는 부들부들 떨리기만 할 뿐이었다.

시야가 높아지자 주변에서 싸우고 있는 기사들이 눈에 들어왔다. 그들은 절대 물러설 수 없다는 필사의 각오로 괴한들을 상대했으며 두려움 따윈 찾아볼 수 없었다.

그리고 그 결과 부상을 입고 땅바닥에 쓰러진 이들 역시 케이지의 시야 안에 들어왔다. 걸치고 있는 갑옷이 온통 피투성이가 된 부하와 오른쪽 팔이 잘려 나간 쇼크를 이기지 못하고 드러누워 부들부들 떠는 이가 있는가 하면 복부에 깊은 검상을 입고 피와 함께 튀어 나오려는 무언가를 두 손으로 붙들고 아우성치는 이들이 속출했다.

비명 소리와 붉은색으로 점철된 시야, 그리고 코 안을 비집고 들어오는 피비린내에 케이지는 더 이상 버틸 수 없었다. 결국 제나의 부축을 밀쳐 낸 그는 두 무릎을 꿇더니 입을 크게 벌리고 땅바닥을 바라봤다.

"우욱!"

케이지는 입 밖으로 튀어 나오려는 무언가를 목구멍 너머로 도로 삼키려고 했지만, 부상을 입고 쓰러진 기사들의 고통스러운 모습이 뇌리에서 사라지지 않고 그를 계속 괴롭혔다. 결국 뱃속에 들어 있던 걸 모두 토해내야 했다.

"헉, 헉……."

구역질이 그치자 비 오듯 흘러내린 땀이 그의 얼굴을 타고 아래로 뚝뚝 떨어졌다. 그는 다시 고개를 들고 쓰러진 기사들 쪽으로 시선을 돌렸다.

더 이상 구역질은 나지 않았다. 하지만 자신도 저렇게 될지 모른다는 공포가 거대한 짐처럼 그를 짓눌렀다.

'진짜 사람이 죽어나가는 곳에서 싸운다는 게, 이런 감각이었다니……'

지쳐서 양손을 무릎에 대거나 훈련 시간이 끝났다고 손을 흔들면 끝나는 대련 시간과 질적으로 달랐다. 단 한 번의 실수가 다시는 눈을 뜨지 못하는 운명으로 치달을 수도 있다.

'아니야, 내가 지금 뭐하는 짓이지? 지금 이 순간에도 내 부하들이 죽어나가고 있는데!'

케이지는 자신의 의무가 뭔지 깨닫고는 떨어뜨렸던 검을 쥐어 들었다. 하지만 의지와는 상관없이 부들부들 떠는 손 아래로 검이 미끄러지듯 흘러내렸다. 다시 주워 들고 떨어뜨리기만을 반복하는 그를 제나가 안타까운 눈으로 바라보고 있었다.

"자넨 두렵지 않나?"

"네?"

"나, 나는… 두려워. 지금 당장에라도 검을 쥐어야 하는데 몸이 말을 듣지 않아. 부하들이 쓰러지는 걸 보고만 있어야 하는 지금의 내가 너무나 증오스러워!"

"단장님……."

케이지는 잔뜩 일그러진 얼굴로 혈전이 벌어지고 있는 대련경기장 안을 바라볼 뿐이었다. 자신의 아버지 케인즈와 크루제이커는 대련 때와 마찬가지로 검을 종횡무진 휘두르며 괴한들을 쓰러뜨리고 있었다. 뒤늦게 합류한 발렌시아의 왕자 오를레앙은 보검 아르젠트를 쥐고서 괴한들의 숨통을 하나씩 끊고 있었다. 펠튼과 쉐스는 강력한 마나의 장벽을 펼쳐 보르지아 6세를 안전하게 보호하고 있었다.

그러나 케이지의 시선을 사로잡은 이는 다름 아닌 동생 레이지였다.

'레이지?'

케이지는 이제까지 느껴보지 못했던 강렬한 이질감에 사로잡혔다. 그랜드 마스터 나르디안을 상대로 당당히 맞서고 있는 동생의 모습은 케이지의 예상을 훌쩍 뛰어넘었다.

'넌 이런 상황에서 어떻게… 침착하게 행동할 수 있는 거지?'

오러와 마법을 동시에 자유자재로 구사하면서 격전을 벌이고 있는 모습에 케이지의 입이 절로 벌어졌다. 무엇보다도 이런 전투 따윈 수도 없이 겪어본 듯한 능숙한 움직임과 판단력은 다른 이들을 능가하고도 남았다.

대마법사의 제자였다는 이유 하나만으로?

케이지는 자신의 나약함을 깨닫는 동시에, 이제까지 단 한 번도 동생에게 느껴보지 못했던 '질투' 라는 감정이 가슴속에서 피어오르고 있었다.

3

화르륵!

2미터를 훌쩍 넘는 불기둥이 빠른 속도로 하나씩 솟아올랐다. 나르디안을 완전히 포위한 여섯 개의 불기둥이 하나로 합쳐지더니 그녀를 완전히 가두었다.

나르디안은 온몸을 오러로 감싼 상태에서 앞을 가로막고 있는 불기둥을 뚫고 밖으로 나왔다. 그와 동시에 오러에 휘감긴 레이지의 검끝이 그녀의 목을 향했다.

"……!"

하지만 레이지는 허공을 향해 검을 찔러 넣었을 뿐 아무런 타격도 입히지 못했다. 레이지는 연속으로 블링크를 시전하며 나르디안의 검을 간발의 차이로 피했다.

'역시 가까이 접근한 상태가 아니라면 그걸 시도하기엔 무리야. 어떻게 해서든 거리를 좁혀야 해.'

레이지가 잠시 생각에 잠긴 사이 나르디안의 검 아트락스가 수십여 개의 조각으로 나누어지더니 뱀처럼 레이지의 검을 칭칭 휘감으며 뻗어나갔다. 레이지의 오른팔과 어깨, 목까지 아트락스가 휘감자 나르디안은 슬며시 미소를 짓더니 검자루를 통해 오러를 부여했다.

"크윽!"

오러에 감싸인 아트락스의 검날이 레이지의 몸을 파고들면서 핏방울이 사방으로 터져 나왔다. 레이지는 고통을 억지로 참아가며 왼손으로 수인을 그려 마나의 장벽을 구현했다. 그러나 나르디안이 온몸을 휘감고 있던 오러까지 아트락스에 투여하자 마나의 장벽은 어이없게 파괴되었다.

'보르지아 6세 따위는 이제 어떻게 되든 상관없어. 제이워드의 제자인 이놈부터 죽여야 해!'

그녀는 '괴물'이 아직 꽃을 피우지 못한 새싹일 때 짓밟아야 할 필요성을 느꼈다. 아트락스를 쥔 오른손을 높이 들어 올리더니 좌우로 크게 휘둘렀다. 자연히 레이지는 아트락스에 이끌려 하늘 높이 떠올랐다가 땅바닥에 처박히기를 반복했다.

"크억!"

나르디안의 등 뒤를 노리고 달려들었던 오를레앙은 그녀가 내민 왼손에 튕겨 나가더니 땅바닥을 뒹굴었다. 뒤이어 카트린느가 달려들려는 찰나 오를레앙은 엎드린 채로 손을 내밀며 저지했다.

'역시 지금의 내 힘으로는 무리야. 그렇다면……'

"프레드릭 경!"

오를레앙은 아르젠트를 프레드릭을 향해 던졌다. 온몸이 만신창이가 되어 땅바닥에 얼굴을 처박고 있던 그의 오른손이 위로 휙 올라가더니 아르젠트의 검자루를 움켜쥐었다. 그러자 프레드릭의 오러에 반응해 검자루에 박혀 있던 보석이 강렬한 빛을 발했다.

"그 검으로! 부탁드립니다!"

"알겠습니다!"

프레드릭은 남은 오러를 모두 아르젠트에 쏟아부었다. 원래의 붉은색이 아닌 푸른색으로 빛나고 있던 검자루의 보석이 어느새 녹색을 지나 보라색으로 바뀌었다.

위기를 직감한 나르디안은 레이지의 몸을 휘감고 있던 아트락스의 검날을 거두어들이고 프레드릭과 검을 마주했다. 두 개의 보검, 아트락스와 아르젠트가 서로 부딪칠 때마다 오러로 인한 강렬한 빛이 연거푸 뿜어져 나왔다.

"레이지! 괜찮으냐?"

괴한들을 몰아내는 데 성공한 케인즈는 다급한 걸음으로 레이지를 향해 뛰어갔다. 레이지는 케인즈의 부축을 받으며 얼굴을 찡그렸다.

"아직은… 할 만합니다."

"무슨 소리냐! 여긴 우리들에게 맡기고 치료부터 받도록 해라!"

케인즈는 아들을 윽박지르며 억지로 눌러 앉혔다. 레이지의 어깨 위에 누군가의 두 손이 슬며시 얹어지더니 빛을 발하기 시작했다.

"너냐?"

"환자는 조용히 하십시오."

쉐스는 뭔가 아니꼽다는 레이지의 말을 흘려 넘기면서 힐링에 집중했다. 빠른 속도로 상처가 아물어가면서 고통 역시 사라졌지만 레이지의 얼굴은 여전히 찡그러져 원래대로 돌아갈 줄 몰랐다.

'베른에 비해 약간 쉬울 뿐이지, 나르디안에게 접근하는 게 말처럼 쉽지 않아. 역시 오러 유저로서의 역량이 한참 모자라기 때문일까…….'

예전 제이워드 때 익힌 전투 경험이 밑받침되었다 하여도, 그건 어디까지나 마법사로서의 경험이다. 접근전의 스페셜리스트인 그녀를 상대로 부족할 수밖에 없는 오러 유저로서의 역량이 발목을 붙들었다.

"레이지, 그랜드 마스터를 상대로 이 정도면 잘한 거다. 솔직히 난 네가 그 정도까지 나르디안 경을 상대로 선전할지 예상조차 못했단다."

"......."

케인즈의 칭찬 따위 레이지의 귀에 전혀 들어오지 않았다. 나름대로 냉철한 판단하에 행동했지만 결과적으로 나르디안에게 밀린 자신이 원망스럽기만 했다.

"하아앗!"

콰쾅!

크루제이커 특유의 기술, 오러 익스플로전이 거대한 폭발음을 일으키며 지면을 뒤흔들었다. 거대한 크기에 걸맞은 견고함을 지닌 참각도는 아트락스의 검신에 칭칭 휘감겼음에도 금 하나 가지 않았다.

"나르디안 경! 내 비록 그랜드 마스터가 아니어도 이 참각도만큼은 그대의 검에 뒤지지 않소!"

"그래?"

나르디안을 코웃음을 치더니 참각도가 아닌 크루제이커의 몸을 아트락스로 휘감았다. 다른 기사들과 달리 윗도리를 벗고 있는 그였지만, 온몸을 오러로 감싸 버티었다. 그 사이 괴한들을 모두 해치운 기사들이 나르디안을 둘러싸고 포위망을 형성했다. 랭크의 차이 때문에 직접 덤벼들지는 못했다.

"하아아앗!"

기합 소리와 함께 아트락스를 통해 전달되는 나르디안의 오러를 크루제이커는 계속 버티어냈다. 조금씩 칼날이 살갗

안쪽을 비집고 파고들자 그의 이마에 땀이 비 오듯 쏟아졌다.

"프레드릭 경! 지금입니다!"

크루제이커의 신호에 프레드릭은 오른손에 쥔 아르젠트를 뒤로 살짝 젖혔다. 그리고 앞으로 내지르며 그대로 나르디안을 향해 돌격했다.

콰콰쾅!

그의 오러 어설트가 나르디안에 명중하는 순간, 고막을 찢을 듯한 폭발음과 함께 먼지가 피어올랐다. 모두의 시야를 가리고 있는 먼지가 가라앉자 잔뜩 일그러진 얼굴의 프레드릭과 입가에 미소를 머금고 있는 나르디안의 표정이 서로 대조되었다. 그녀는 놀랍게도 왼손으로 아르젠트의 검끝을 붙잡고 놔주질 않았다.

"슬슬 충전이 다 되었군."

나르디안은 아트릭스의 검신을 회수하더니 위로 들어 올렸다. 그러자 분리되었던 수십여 개의 검날이 와이어에서 분리되더니 직선 형태로 각각 발사되었다.

"크아악!"

"쿨럭!"

오러에 감싸인 검날 하나하나가 그녀를 둘러쌌던 기사들의 몸을 꿰뚫고 지나갔다. 그들 역시 미리 오러로 갑옷을 둘러싸 방어에 치중했지만, 방패를 뚫고 갑옷까지 관통하는 아트락스의 검 조각을 막아내기엔 무리였다.

쉐스는 정면을 향해 오른손을 내밀고 마나의 장벽을 펼치면서 왼손을 레이지의 어깨에 대고 힐링을 계속 시전했다. 실시간으로 마나가 급속도로 회복되는 관계로 마나 수급에는 문제가 없었지만, 마나의 장벽을 계속 두들기는 아트락스의 검날에 조금씩 뒤로 밀려나고 있었다.

결국 마나의 장벽이 뚫리면서 레이지의 머리를 향해 세 개의 검 조각이 빠른 속도로 날아왔다. 레이지는 쉐스를 뒤로 밀쳐 내고서 양손을 내밀어 마나의 장벽을 구현했다. 처음 장벽이 뚫리자 미리 외워두었던 주문을 구현하여 또 하나의 장벽으로 막아냈지만, 뚫리기 일보직전이었다.

'이대로 당할 수 없어. 이제 겨우 기회를 잡았는데! 나르디안이 바로 눈앞에 있는데!'

레이지는 오른손에 오러를 구현한 상태에서 마나의 장벽을 구현하고 있는 왼손을 깍지 끼듯 겹쳤다. 그러자 서로 다른 두 개의 힘이 서로 융합하면서 강렬한 빛이 레이지를 뒤덮었다.

4

빛이 사라지자 뒤늦게 승기를 확신하던 나르디안의 입가

에서 웃음이 싹 사라졌다.

고통 때문에 눈썹 사이를 찡그렸지만, 레이지는 자신을 향해 날아왔던 검 조각 세 개를 손가락 사이에 끼고 살며시 미소를 지었다.

"그때 느꼈던 고통이란 게··· 이런 거였나?"

랭크 1에서 2로, 2에서 3으로 넘어갈 때 느꼈던 감각과 전혀 다른 고통이 레이지의 전신을 강타했다. 하지만 보다 빠른 속도로 피를 타고 순환되는 마나의 움직임에 황홀함마저 느꼈다.

"그때? 설마!"

고통이라는 단어와 레이지의 변화한 오러에 프레드릭은 무슨 일이 일어났는지 단번에 알아챘다.

"크윽, 나 혼자만 괴로운 게 아닌 걸 기뻐해야 할지, 슬퍼해야 할지 모르겠군."

레이지는 비틀거리며 두 다리로 일어섰다. 그와 마찬가지로 나르디안의 살기가 가득 담긴 공격에 노출되었던 오를레앙과 카트린느가 천천히 몸을 일으켰다.

"버티실 만합니까?"

고통 때문에 서 있는 것만으로도 땀이 비 오듯 쏟아지는 것과 반대로 발음만은 정확했다.

"이거··· 어떻게 된 것입니까?"

레이지와 똑같이 고통과 환희가 서로 뒤섞이는 묘한 감각에 오를레앙은 무슨 일이 일어나는지 파악하지 못했다. 그의 뒤에 서 있는 카트린느 역시 마찬가지였다.

"크루제이커님과 동급이 되신 겁니다."

"네?"

"카트린느님, 드디어 소드 마스터의 경지에 도달하셨군요. 이런 말 할 상황은 아니지만 축하드립니다."

"그게 사실인가요?"

두 남녀는 레이지의 말에 반신반의하면서 오러를 구현해 봤다. 그러다 전보다 훨씬 강렬한 빛이 양손을 휘감자 당황했다.

하지만 레이지는 당황할 여유조차 없었다. 갑작스럽게 세 명이 동시에 오러 랭크가 한 단계씩 상승해 버린 어이없는 광경에 나르디안이 멍하니 서 있는 기회를 놓칠 수 없었다.

"어이, 쉐스."

"뭡니까?"

"네 녀석의 마나 좀 빌려 쓰겠다."

레이지는 쉐스의 오른손을 꽉 붙들더니 룬 문자를 읊기 시작했다. 전신을 강타하는 고통이 더욱 강해졌지만 레이지는 아랑곳하지 않고 마나를 흡수하는 마법 '드레인'을 완성시켰다.

"젠장……. 허락도 안 받고 이게 무슨……."

상당한 양의 마나를 빼앗긴 쉐스는 결국 주저앉고 말았다.

레이지는 떨어뜨렸던 검을 오른손에 쥐고 오러를 부여했다. 그리고 활활 타오르는 불길에 휩싸인 왼손으로 검자루를 쥐었다. 한 단계 상승한 오러와 융합된 화염이 시계 방향으로 검신을 휘감으며 불타오르고 있었다.

"……!"

나르디안이 아트락스의 검자루를 쥐고서 오러를 다시 불어 넣자, 주변에 흩어져 있던 검 조각들이 모여들더니 원래 모양으로 돌아갔다. 그리고 레이지의 검을 향해 채찍처럼 휘둘렀다.

그러나 화염과 오러에 휩싸인 레이지의 검에 아트락스가 튕겨 나가더니 여러 조각으로 나뉘어 흩어졌다. 깜짝 놀란 나르디안의 눈앞에 레이지의 검이 거침없이 돌진했다.

'이 공격까지는 막아내겠지. 하지만!'

그의 예상대로 나르디안은 왼손에 오러를 부여해 공격을 막아냈다. 하지만 레이지는 반대로 검을 휘감았던 자신의 오러를 거두어들였다. 당연히 나르디안의 오러가 레이지의 검 안으로 파고들면서 금이 쫙쫙 가버렸다. 그 순간, 검자루를 움켜쥔 레이지의 오른손에서 불길이 치솟으며 검날을 휘감더니 닿아 있던 나르디안의 왼손마저 감쌌다.

"으아악!"

나르디안은 비명을 지르며 급하게 뒤로 물러섰다. 얼굴 앞으로 바짝 가져간 오른 손바닥에는 검게 그을린 자국이 대각선 방향으로 연달아 자리 잡고 있었다. 바로 레이지가 일으킨 화염이 훑고 지나간 자리였다.

"놀랐나?"

"······!"

잠시 한눈을 판 사이 레이지의 목소리가 그녀의 등 뒤에서 들렸다. 그는 나르디안의 등에 왼손을 펼쳐 갖다대었다. 랭크 7의 강렬한 오러가 레이지의 오러를 짓누르고 손바닥을 통해 팔꿈치까지 파고들었다. 레이지의 표정이 일그러졌지만 급작스런 랭크업으로 인한 고통에 비하면 아무것도 아니었다.

"······페 바스(바람이여, 휘몰아쳐라)!"

커다란 마법진이 지면 위로 나타나더니 레이지와 나르디안을 둘러쌌다. 먼지바람을 일으키며 나타난 거대한 돌풍이 두 명을 휘감았다. 하지만 하늘 높이 떠오른 자는 나르디안 혼자였다.

"헉, 헉······."

돌풍에 휩싸이기 전 블링크로 잽싸게 빠져나온 레이지는 거친 숨을 내쉬었다. 그러자 베이그란트의 서가 빛에 휘감기더니 소모된 마나를 금세 보충해 주었다.

"프레드릭! 지금이야!"

레이지의 외침에 프레드릭은 보검 아르젠트를 돌풍에 휘말린 나르디안 쪽을 향해 내밀었다.

"아르젠트여! 너의 힘을 증명해 보아라!"

프레드릭의 말에 검자루에 박힌 보석이 찬란한 빛을 발했다. 지면을 향해 떨어지는 중인 나르디안을 중심으로 거대한 빛기둥이 형성되었다.

"아아악!"

원형으로 형성된 빛의 기둥에 사로잡힌 나르디안의 입에서 비명 소리가 울려 퍼졌다. 워낙 강렬한 오러였기에 그 누구도 그녀에게 접근하지 못하고 뒤로 물러서야 했다.

'아직 끝난 게 아니야. 저 정도 공격으로 죽을 리가 없어. 확실히 매듭지어야 해!'

레이지는 남아 있는 마나를 총동원해 주문을 외우기 시작했다. 연이어 나타난 세 개의 마법진이 레이지를 중심으로 지면에 내려앉았다. 준비가 완료되자 레이지는 거리낌없이 빛의 기둥을 향해 달려들었다.

레이지는 오른손에 쥔 검 대신 바람에 휘감긴 왼손을 빛기둥 안에 집어넣고 바깥쪽으로 크게 휘둘렀다. 오러로 형성된 빛기둥이 마치 종이처럼 찢겨나갔고 그 틈을 통해 나르디안의 왼팔을 움켜쥐었다.

그러나 레이지의 알 수 없는 능력에 한 번 당했던 터라 나르디안은 아트락스를 휘둘러 그의 왼팔을 휘감았다. 보호구가 찢겨 나가며 살갗이 터지면서 핏방울이 솟아올랐다. 그러나 레이지는 끝까지 팔을 놓지 않고 연거푸 두 번의 마법을 시전했다.

"또… 아까처럼!"

강렬한 불길이 휘몰아치며 그녀의 오른팔을 휘감았다. 그 뒤 날카로운 바람이 칼날처럼 나르디안을 난도질했다. 나르디안은 오러로 자신의 오른팔을 보호하려고 했지만 이상하게도 레이지의 마법과 뒤섞여 전혀 효과를 발휘하지 못했다.

"크윽!"

나르디안의 입에서 신음 소리가 흘러나왔다. 더 이상 오러로 보호되지 않는 오른팔 안쪽으로 레이지의 검이 파고들었다. 정신을 잃을 뻔할 정도의 강렬한 고통을 억지로 참아내며 아트락스를 위로 크게 휘둘렀다. 레이지는 몸이 붕 떠오르는 느낌에 잽싸게 블링크를 써 멀리 물러섰다.

'더 이상 싸운다면 내가 불리해.'

어금니를 꽉 깨문 나르디안의 입에서 피가 철철 흘러내렸다. 축 처진 오른쪽 팔은 완전히 피투성이가 되었고, 손끝에 맺힌 핏방울이 땅바닥을 향해 뚝뚝 떨어졌다.

"이 수치는… 반드시 갚고 말겠다."

그녀는 자세를 낮추더니 두르고 있던 망토로 몸을 감쌌다. 그러자 보라색 빛이 나르디안을 감싸면서 그녀의 모습이 흐려지기 시작했다.

"아차."

레이지는 재차 공격을 가하려고 했지만, 소용없다는 걸 알고 도중에 멈춰 섰다. 프레드릭은 아르젠트를 휘둘러 충격파를 날렸지만, 거의 투명해진 나르디안의 육체를 통과할 뿐 타격을 입히지 못했다.

"공간 이동 마법?"

"아니, 저건… 그래, 네이어드의 망토였어. 도망갈 궁리만큼은 확실히 해두었군."

고대 문명의 유산 중 하나인 '네이어드의 망토'는 소유자가 원하는 곳으로 공간 이동이 가능케 한다. 일단 사용하게 되면 완전히 공간 이동이 되기 전까지 그 어떤 공격도 통하지 않는 장점을 지니고 있다.

단, 한 번 사용하면 다시 쓰기 위해서 최소 한 달 이상의 시간이 지나야 한다는 단점이 있다.

나르디안의 모습이 완전히 사라지자 레이지는 아쉬움을 감추지 못하고 아랫입술을 깨물었다. 그러나 이내 표정을 풀고 살짝 미소 지었다.

'어차피 목표는 그녀의 암살 시도를 저지하는 거였어. 그 것만으로도 대성공인데……'

오러와 마법의 융합을 다른 방식으로 이용할 수 있다는 걸 깨달은 건 큰 수확이었다. 나르디안의 오러뿐만이 아니라, 빛의 기둥을 형성했던 프레드릭의 오러까지도 자신의 것 마냥 제어할 수 있었다.

'일반적인 융합을 사용할 때와 마찬가지로 마나가 많이 소모되었어. 사용되는 마나량을 좀 더 줄일 수만 있다면, 상대의 오러 패턴을 알고 용이하게 접근한다는 가정하에 훨씬 더 강한 위력을 발휘할 거야.'

레이지는 새로운 방식의 융합이 그랜드 마스터인 나르디안에게 충분히 통용되었다는 사실보다는 앞으로 보완해야 할 약점을 떠올렸다. 이 자리에서 결판을 내지 못한 이상 분명히 또 만날 거라는 확신이 들었기에.

"레이지!"

격렬한 전투를 멍하니 구경하고 있던 케인즈는 뒤늦게 아들에게 달려가며 부축해 일으켰다.

"왜 무리를 했느냐!"

"괜찮… 습니다."

긴장이 풀린 나머지 레이지는 그동안 참고 있던 고통을 이기지 못하고 앞으로 쓰러질 뻔했다.

"하마터면 죽을 뻔하지 않았느냐! 나조차도 차마 먼저 덤비지 못한 상대로 왜 그렇게 무모한 짓을 했던 거냐?"

"그래도 이기지 않았습니까?"

레이지는 애써 미소를 지으며 안쓰러워하는 케인즈를 옆으로 살짝 밀어냈다. 그리고 남은 힘을 짜내 천천히 걸음을 옮겼다.

"이것만 하고… 쓰러지겠습니다."

그는 시체가 되어 쓰러진 괴한들 쪽으로 다가가더니, 그들이 두르고 있던 왼쪽 팔의 수건을 풀어냈다.

검은색 수건에는 흰색으로 수놓아진 옛 크루디아 제국의 문양이 선명하게 보였다. 레이지는 그걸 오른손에 움켜쥐더니 남은 마나로 불길을 형성해 불태웠다.

"이제 시작일 뿐이라고. 두고 봐라, 나르디안……."

그 말을 끝으로 레이지의 두 눈이 천천히 감겼다. 어두워지는 시야 속에서 그의 귓가에 아버지의 외침이 들렸다. 하지만 육체적으로나 정신적으로나 한계에 도달한 레이지는 깨어나지 못하고 깊은 잠 속에 빠져들었다.

5

케이서스 공화국.

대륙 전쟁 당시 반 제국 전선의 한 축을 담당했던 이 나라는 무려 두 명의 그랜드 마스터를 동시에 배출하면서 강력한 힘을 움켜쥐게 되었다. 공화국이라는 특성상 다른 나라의 노골적인 배척과 분쟁에 시달려야 했던 것도 옛날 일이 되어버렸다. 대대로 사이가 좋지 않던 졸다크 왕국을 제외하고는 케이서스 공화국에 시비를 거는 국가는 없었다.

전쟁이 끝난 이후 두 명의 그랜드 마스터 중 한 명인 나르디안이 연루된 반란 시도가 있었지만 나르디안 본인이 관계없다는 걸 파악하고 그녀를 제외한 관련자 전원을 처형하는 일로 무사히 마무리 지어졌다. 여전히 계속되고 있는 졸다크 왕국과의 국경선 분쟁을 제외하고는 케이서스 공화국은 평화롭기 그지없었다.

그 공화국의 7대 대통령인 쿼드로 마르시아는 피가 콸콸 흘러나오고 있는 배를 붙잡고 집무실 바닥에 쓰러져 있었다. 그를 경호하던 세 명의 기사는 모두 목이 잘린 채 시체가 된 지 오래였다.

"베, 베른 경……."

그는 자신을 찌른 남자, 베른을 올려다보며 고통스러운 표정을 지었다.

"왜 이런 짓을……."

"이런 짓?"

평소 감정 표현과는 거리가 먼 그 특유의 무뚝뚝한 표정이 아니었다. 쿼드로를 바라보는 눈동자에는 분노가 가득 담겨 있었다.

"이 나라를 구했던 그녀에게 한 짓을 벌써 잊었는가?"

"……."

베른의 지적에 쿼드로는 할 말을 잃고 멍하니 입을 벌렸다.

그는 몇 년 전 일어났던 반란 사건에 나르디안이 연루되지 않았음을 일찍이 알고 있었다. 하지만 전쟁이 끝난 후의 영웅은 지속되는 평화 속에서 불화의 근원이 될 뿐이라는 각료들의 지적을 버텨내지 못하고 그녀의 가족들을 처형하라는 문서에 도장을 찍고 말았다.

그 뒤 얼마 지나지 않아 나르디안의 복수는 시작되었다. 그녀를 노렸던 귀족들 중 현재 살아남은 자는 단 한 명도 없었다. 조금이라도 그녀에게 반감을 표했던 이들마저도 이유를 알 수 없는 자살로 인생의 종지부를 찍었고, 가문 자체가 멸문당했다.

그 피의 아수라장 속에서 유일하게 살아남은 자는 다름 아닌 대통령 쿼드로였다. 이는 그를 허수아비로 세워두고 진행해야 할 일이 있었기 때문이다. 준비가 모두 끝난 지금 더 이상 쿼드로를 살려둘 이유 따윈 나르디안에게 없었다.

"대륙을 혼란에서 구해낸 우리들에게 돌아온 대가가 고작 그거였다면……."

베른은 검끝이 아래로 향하도록 두 손으로 검자루를 쥐었다. 그냥 놔두어도 쿼드로는 죽을 게 뻔했지만 확실하게 숨통을 끊어놔야 했다.

"그 혼란을 다시 너희들에게 선사할 것이다. 바로 우리들의 손으로."

심장을 관통당한 쿼드로의 가슴에서 핏줄기가 솟아올랐다. 놀란 나머지 두 눈을 감지 못하고 죽음을 맞이한 그의 얼굴 위에 커다란 천이 덮여졌다. 베른이 쓰러뜨렸던 크루디아 제국을 상징하는 문양이 그려져 있는…….

Chapter 45
제이워드의 이름으로

1

5년 전 멸망한 크루디아 제국의 문양을 전면에 내세운 괴한들의 습격에 길레터 왕국은 큰 혼란에 빠질 뻔했다. 비록 가을 대축제가 중단되는 불상사가 일어났지만, 이를 미리 알아챈 레이지와 그를 따르는 자들의 대비 덕분에 길레터 왕국의 왕 보르지아 6세를 무사히 보호할 수 있었다.

그러나 '그들'의 습격은 단지 길레터 왕국 한 곳에만 국한된 것이 아니었다. 발렌시아 왕국을 제외한 대다수의 국가에 동시에 터진 테러는 대륙을 다시금 혼란의 도가니에 빠뜨리기에 충분했다. 왕과 대통령이 사망한 국가가 부지기수였고,

권력을 이어받을 왕자들이 모조리 몰살한 국가도 적지 않았다.

　무엇보다 그 테러에 가담한 자들 중에 과거 제국의 멸망에 가장 헌신했던 이들이 포함되었다는 사실은 많은 이들에게 충격을 가져왔다. 특히 케이서스 공화국의 두 그랜드 마스터, 나르디안과 베른의 변모는 또 다시 20여 년간 지겹게 지속되었던 대륙 전쟁이 다시 찾아오지 않을까 하는 두려움을 불러일으켰다.

　하지만 절망 속에 희망은 더더욱 빛을 발한다고 했던가.

　과거 돌격부대를 이끌고 제국의 멸망에 앞장섰던 대마법사 제이워드 M. 만델의 숨겨진 제자가 등장했다는 소문이 함께 퍼졌다. 진짜 제자인지 아닌지에 대해 갑론을박이 여러 국가 수뇌부들 사이에서 오갔고, 레이지를 직접 만나보기 위해 각국 사절단이 길레터 왕국으로 급히 파견되었다.

　막상 그 소문의 주인공인 레이지는 나르디안을 상대한 후 깊은 잠에 빠져 일주일이 지난 후에야 깨어났다.

2

　베르시아 신성력 1393년 10월 8일.

7일이라는 긴 시간 동안 잠들어 있었던 레이지가 깨어나자, 크로이덴가의 저택을 경호하고 있던 기사들은 왕명에 따라 그를 왕궁으로 데려왔다. 물론 그 혼자만이 아닌 프레드릭과 오를레앙, 그리고 쉐스가 같이 따라갔다.

"몸은 괜찮은가?"

길레터 왕국의 왕 보르지아 6세의 볼은 눈에 띄게 홀쭉해져 있었다. 그랜드 마스터의 공격에서 살아났지만 당시의 공포를 완전히 떨쳐 낼 수 없었던 터라 매일 잠을 설친 까닭에 눈 밑에 다크서클이 짙게 자리 잡았다.

"이젠 괜찮습니다. 걱정을 끼쳐 드려서 송구스러울 따름입니다, 폐하."

예복을 차려입은 레이지는 오른쪽 무릎을 꿇고 있었다. 보르지아 6세가 앉아 있는 왕좌 양옆으로 레이지를 구경하기 위한 귀족들의 행렬이 길게 이어졌다.

"그대 덕분에 내 목숨이 온전할 수 있었소. 정말로 고맙게 생각하오."

"황송할 따름입니다."

"지금 당장에라도 그대의 공을 치하하고 싶지만, 먼저 처리해야 할 일과 물어볼 게 산더미처럼 쌓여 있는 터라 그렇지 못하는 점을 양해바라네."

"잘 알겠습니다."

보르지아 6세는 왼손을 팔걸이에 걸치고서 오른손으로 턱을 받쳤다.

"이 자리에서 꺼내기엔 부적절하다고 생각될지 모르겠지만, 아무리 생각해도 풀리지 않는 수수께끼가 있어서 말이지."

보르지아 6세의 시선은 흐뭇한 눈길로 레이지를 바라보고 있는 케인즈를 향해 옮겨졌다.

"케인즈 경."

"예, 폐하."

이미 현역에서 은퇴했지만, 왕국 전체가 비상사태에 들어선 지금 케인즈는 다시 기사단에 복귀했다. 플레이트 아머를 걸치고 있는 그의 왼쪽 가슴 상단 부분에는 지워졌던 왕국 기사단의 문양이 새롭게 새겨져 있었다.

"이전에 돌던, 그대의 차남에 대한 소문은 나도 조금 들어 알고 있었다네. 그리 썩 좋은 이야기는 아니었어."

지금이야 왕의 목숨을 구한 영웅이지만, 고작 1년 전까지만 하더라도 레이지에 대한 이미지는 '망나니' 그 자체였다. 특히 과거 기사단장을 역임한 아버지 케인즈와 현 기사단장인 형 케이지와 비교되어서인지 레이지에 대한 악명은 유달리 인상 깊게 모두의 뇌리에 남아 있던 터였다.

"하지만 마나 컨트롤에 실패해서 쓰러진 뒤, 다시 깨어난 이후에는 오러와 마법 양쪽 모두에서 눈부신 성과를 이루어 냈다고 들었소. 오러야 원래부터 이름난 가문인 크로이덴가의 자식이라면 당연한 성과겠지. 마법 역시 대마법사의 숨겨진 제자였다면 역시 납득되고도 남고."

말을 이어가던 보르지아 6세의 시선이 케인즈의 옆에 서 있는 기사단장 케이지와 살짝 마주쳤다.

"하지만 제이워드의 제자였다니… 솔직히 받아들이기 힘든 사실인 것만은 분명하네. 케인즈 경, 그렇게 생각하지 않나?"

"그것에 대해서는 이 자리에 함께하고 있는 프레드릭 경이 인증한 바 있습니다."

"그래, 그 누구보다 대마법사 제이워드와 함께했던 그의 말이라면 의심할 여지가 없겠지. 하지만 난 그대의 차남의 입으로 직접 듣고 싶다네."

당시 현장에 있던 이들은 레이지가 제이워드의 제자라는 사실에 이의를 제기하지 않았다. 하지만 이곳에 모인 귀족들을 납득시키기 위해선 번거롭지만 다시 한 번 입증할 필요가 있었다.

"레이지, 그대는 어느 사이에 대마법사 제이워드로부터 직접 마법을 사사했단 말인가?"

막상 레이지가 크로이덴 가문으로 돌아왔을 때 들어본 적이 없는 질문이었다.

이 부분에 대해서 케인즈는 물론 그 자리에 있던 이들이 의문을 품지 않은 건 아니었다. 하지만 프레드릭의 등장에 홀린 나머지, 그것에 대해 깊게 생각할 겨를이 없었다.

"그 전에 잠시 확인할 것이 있습니다."

레이지는 숙였던 고개를 들어 아버지 케인즈 쪽으로 돌렸다.

"아버님, 제가 어렸을 적 한동안 어머님의 별장에 머물렀던 것, 기억하십니까?"

"아, 그랬던 적이 있었지."

예전 '진짜' 레이지가 썼던 일기장의 내용을 레이지는 아직도 기억하고 있었다. 레이지가 일기장을 쓰기 시작한 건 열다섯 살 무렵부터였지만, 그보다 1년 전쯤 브렌다의 별장에 3개월 정도 머문 적이 있다고 적혀 있었다. 주변의 이목을 끌기 위해 일부러 브렌다의 별장에 머물렀을 때 레이지는 직접 하녀들에게 직접 물어봐 확인까지 했다.

"그때 전 몰래 별장을 찾아온 제이워드… 스승님을 만났습니다. 정확한 날짜는 기억하지 못하지만, 대륙 전쟁이 끝난 직후였다는 것만은 확실합니다."

"그 제이워드가 직접 그대를?"

"네."

"그렇다면 왜 이제까지 그 사실을 숨기고 있었나?"

"크루디아 제국에 대한 복수라는 신념 하나만으로 사셨던 분이라는 사실은 익히 들어 아실 것입니다. 만에 하나 자신이 죽을 경우를 대비하기 위해서라고 들었습니다. 그 '대비책' 인 제가 그분의 제자라는 게 알려진다면 그 순간부터 대비책 이 아니게 되지요."

"하긴, 제이워드의 제자라는 사실 하나만으로도 모두의 주 목을 받게 될 터이니……."

보르지아 6세를 포함한 다른 이들은 모두 고개를 끄덕이며 레이지의 말을 긍정했다.

"그후로 수십 번이 넘게 그분은 절 몰래 찾아오셨습니다. 그리고 저에게 마법에 대해 철저하게 가르치셨지요."

"그렇게 대단한 마법사에게 직접 마법을 사사했다는 걸 자 랑하고 싶진 않았나? 그때의 그대는 꽤 어렸을 텐데?"

"지금이야 주변 분들의 반응 덕분에 얼마나 대단한 분인지 알게 되었지만, 당시의 저는 그런 걸 판단할 머리는 아니었습 니다. 무엇보다 그분은 귀에 못이 박히도록 '혹시라도 내가 널 가르친다는 사실이 퍼진다면 절대 그냥 넘어가지 않을 거 다' 라며 으름장을 놓곤 했습니다. 실제로 마법을 배울 당시 엔 거의 녹초가 되다시피 한 터라, 무서워서라도 입을 꾹 다 물어야 했습니다."

"말에 섞인 한이 절절히 느껴지는구먼."

"솔직히 말하면, 그분은 위대한 마법사일지 몰라도 스승으로서는 폭군에 가까웠습니다. 아니, 폭군 그 자체였죠. 지금 생각해도 벌벌 떨립니다."

레이지의 엄살에 엄숙한 왕궁 안은 웃음보로 가득 찼다. 레이지는 고개를 도로 숙이고서 쓴웃음을 지었다. 실제로 제이워드였을 때의 그는 유일한 제자 칸나를 혹독하게 가르쳤고, 그 결과 본인 스스로 인정하는 몇 안 되는 실책 중 하나로 남게 되었으니.

"그런데 말이지……."

보르지아 6세가 다시 입을 열자 웃음을 터뜨리던 귀족들은 일제히 입을 다물고 침묵을 유지했다.

"크로이덴가의 망나니라 소문날 정도로 횡포를 부린 이유는 무엇인가? 진정으로 남들 눈에 띄지 않으려면 조용히 지내고 있어야 한다고 생각하는데, 내 생각이 틀렸는가?"

"정론으로 생각한다면 폐하의 말씀이 맞습니다. 하지만 스승님은 좀 다른 방향으로 생각했습니다."

"다른 방향?"

"한동안 저는 남들에게 절대로 제이워드의 제자임이 알려지지 않아야 하지만, 반대로 제가 스스로 정체를 드러내야 할 때가 온다면 가능한 한 빨리 제자라는 사실이 퍼져야 한다고 말씀하셨습니다. 그러기 위해선 소드 마스터가 두 명이나 현존하는 가문의 특성을 이용하되, 아버지와 형님과는 다른 이미지로 미리 알려져야 한다고 했습니다."

"그래서 그런 망나니짓을?"

"네, 서로 대조되는 내용이 포함된 소문은 그렇지 않는 것보다 훨씬 잘 퍼지게 마련입니다. 그리고 그런 제가 대마법사의 제자라고 그 누구도 생각하지 않을 것이기도 하고 말입니다."

실제로 레이지의 악명은 케인즈와 케이지의 호평과 함께 섞여 길레터 왕국에서 멀리 떨어진 발렌시아 왕국까지 알려질 정도였다.

"하지만 이 사실만으로 제가 그분의 제자라는 걸 입증하긴 힘들겠지요. 그 증거를 직접 보이고 싶습니다만… 허락해 주시겠습니까?"

"증거라면 '그것' 말인가?"

"네."

"허락하겠네."

보르지아 6세의 허락을 얻은 레이지는 자리에서 일어나더니 펠튼에게 귓속말을 건넸다. 그러자 펠튼은 왕좌 옆으로 천천히 걸어가더니 두터운 마나의 장벽을 구현해 보르지아 6세를 안전하게 보호했다.

"혹시 모를 사태가 일어날지 몰라서 부탁드린 것입니다. 그러면 시작하겠습니다."

레이지는 손짓으로 경비병들과 귀족들에게 멀리 떨어지라는 신호를 보낸 뒤 숨을 길게 내쉬었다.

그리고 각기 다른 세 가지 주문을 동시에 외우기 시작했다. 그러자 왕궁마법사들의 눈빛이 일순간에 바뀌었다. 레이지의 몸에서 요동치는 마나의 수준과 더불어, 세 개의 마법진이 하나씩 그의 머리 위에서 떠올라 지면으로 가라앉는 장면은 보고도 믿기 힘들었다.

3

"역시… 그때 봤던 게 착각이 아니었군."

보르지아 6세는 제이워드만이 유일하게 구사했던 특기인 트리플 캐스팅을 레이지가 손쉽게 구사하는 걸 보며 흐뭇하게 미소를 지었다.

"코르세, 어떤가? 제이워드의 기술이 확실한가?"

"마, 맞습니다! 서클 5 이상의 마법임을 입증하는 마법진이 분명히 세 개였습니다!"

"쉐인, 그대도 같은 의견인가?"

"지금 당장에라도 카르도니아 왕국에 이 소년을 파견해야 합니다! 진정한 제이워드의 제자가 나타난 이상, 그의 유산을 당연히 케인즈 경의 차남이 물려받아야 합니다!"

"켈릭스, 자네는 어떻게 생각… 하는지 굳이 물어보지 않아도 되겠군."

왕궁마법사들은 한결같이 레이지가 보여준 광경에 감탄을 금치 못했다. 귀족들은 서로 귓속말을 주고받으며 웅성거리기 시작했다.

"제이워드와 함께했던 프레드릭 경의 증언을 굳이 들을 필요도 없겠군. 문제는 그의 모국이 이 사실을 받아들일지인데……."

현재 제이워드의 유일한 제자는 서클 6의 마법사 칸나로 공인된 터였다. 문서상으로 인정된 칸나와 실제 제이워드의 기술을 물려받은 레이지 둘 중 어느 쪽이 진정한 수제자임을 가리기 위해선 정치적 입지나 여러 요소를 감안해야 한다.

"지금 중요한 것은 제가 정식으로 그분의 제자임을 카르도니아 왕국으로 인정받는 게 아닙니다."

"하면?"

"그분의 유지를 계속 이어나가는 것입니다."

비록 나르디안을 쓰러뜨리지 못했지만, '레이지'라는 이름 석 자를 널리 알리기엔 충분했다. 거기에 칸나라는 이름 자체를 완전히 지워 버릴 수 있는 임팩트까지 가지고 있다.

100년이 넘는 시간 동안 역사상에 등장하지 않았던, '워락'이라는 존재가 바로 그것이다. 남은 것은 제이워드의 이름을 빌려 다시 나타난 제국의 이름을 뒤덮는 일뿐이다.

"전 제 스승님이 했던 것처럼 제국의 이름을 다시 한 번 역사상에서 지우도록 하겠습니다."

"흐음……."

"물론 모국인 길레터 왕국과 별개로 제 개인의사이기도 합니다. 국가와 국가 간의 이야기는 여기 계신 오를레앙 왕자께서 담당하실 겁니다."

오를레앙은 발렌시아 왕국을 떠나기 전, 쥴리앙으로부터 두터운 서류 뭉치를 건네받았다. 각각 따로따로 봉해진 서류에 동봉된 쪽지에는 어떤 국가에서 어떤 상황에 건네야 할지가 기록되어 있었다.

"전 어떠한 일이 있더라도 그분의 뜻을 따라갈 것입니다."

4

이야기가 끝난 후 왕궁 밖으로 나온 레이지 주변으로 많은 이들이 몰려들었다. 왕궁마법사들은 이제 전설이 되어버린 제이워드에 대해 쉬지 않고 질문을 퍼부었다. 특히 레이지가 오러와 마법 모두 능숙하게 사용한다는 사실이 진짜인지를 집중적으로 물어봤다.

　다른 귀족들은 레이지와 어떻게든 인맥을 만들기 위한 밑작업에 들어갔다. 가을 대축제 기간에 일어난 참사의 추모 기간이 끝나는 즉시 파티를 열 테니 반드시 와달라는 초대는 물론이거니와, 아예 노골적으로 자신의 딸을 만나보지 않겠냐는 권유가 줄지어 이어졌다.

　레이지를 겹겹으로 둘러싼 인파가 흩어질 기미를 보이지 않자 왕국 기사들이 직접 나서서 레이지의 길을 뚫어주었다. 레이지를 마지막으로 태운 콜드란세가 출발하자 그 뒤를 따라 달려가는 이들이 서로 뒤엉켜 아수라장을 방불케 했다.

　"휴우……."

　길게 한숨을 내쉬는 레이지의 얼굴에는 지친 기색이 역력했다. 오를레앙은 발렌시아 가문 특제 강장제를 건넸지만 레이지는 손을 내저으며 거절했다.

　"진짜 지쳤습니다."

　"전 옆에서 보고만 있어도 질릴 지경이더군요. 역시 제이워드님의 이름이 얼마나 대단한지 실감했습니다."

　레이지의 알현이 끝나자마자 보르지아 6세는 각료들을 급히 모아 회의에 들어갔다. 케인즈와 펠튼, 그리고 케이지는 회의에 참석하느라 왕궁에 남았고, 귀찮은 이야기는 질색이라며 빠져나오려던 크루제이커는 케인즈에게 뒷덜미를 붙들린 채 회의장으로 끌려갔다.

마차 안에는 레이지가 제이워드임을 알고 있는 자들만이 타고 있었다. 덕분에 레이지는 더 이상 연기를 할 필요 없이 긴장을 늦출 수 있었다.

"그런데 레이지님, 기사 서임을 굳이 거절하신 이유는?"

알현이 끝나기 전 보르지아 6세는 레이지를 길레터 왕국의 기사로 서임하겠다는 뜻을 밝혔다. 훨씬 전에 소드 엑스퍼뜨 등급에 오르기도 했고, 왕을 구한 공헌을 감안해 심사 과정 없이 통과시키겠다는 그의 말에 이의를 제기하는 자는 아무도 없었다.

"예전 제이워드였을 당시 전 카르도니아 왕국 소속이 아닌, 개인 자격으로 전쟁에 참여했습니다. 그런 편이 다국적으로 구성될 수밖에 없었던 돌격부대를 이끌어나가는 데 용이했기 때문입니다. 카르도니아 왕궁마법사 자리를 거절한 것도 같은 이유에서였습니다. 제 목표는 전쟁의 공헌으로 한 자리 차지하는 것 따위가 아니었으니까요."

"하긴 기사가 되신다면 여러 모로 일이 복잡해지겠군요. 지시를 내리기보단 받는 쪽이 되기도 하고……."

"시간이 흘러 좀 잠잠해지면 다시 이곳을 떠나야 하는 입장이라는 점도 무시할 수 없지요."

그에게 있어서 지위는 제이워드 때처럼 귀찮기만 했다. 그리고 전투나 전쟁에 있어서 뛰어난 활약을 보인다면 인재들이 알아서 모인다는 점을 경험으로 터득한 터였다.

"그나저나 레이지님. 랭크 4에 도달한 걸 축하드립니다."

"새삼스럽게 지금 와서……."

나르디안의 살기가 가득 담긴 오러에 직접 노출되었던 레이지와 오를레앙, 그리고 카트린느는 오러 랭크가 한 단계씩 오르는 쾌거를 이룩했다. 물론 이러한 식으로 성장할 경우 나중에 다가올 부작용 역시 프레드릭의 경우에 비추어서 잘 알고 있기에 마냥 기뻐할 수만은 없는 레이지였다.

"카트린느는 드디어 소드 마스터의 경지에 도달했다며 기쁨을 감추지 못하더군요."

"그동안 일행 중에서 짐이 된다고 자책하는 모습이 조금은 사라질 겁니다."

레이지보다 하루 먼저 깨어난 오를레앙과 카트린느는 자신들의 랭크가 올라갔음을 실감하고 처음에는 멍하니 서로를 바라보기만 했다. 그러다가 뒤늦게 찾아온 기쁨을 주체하지 못하고 카트린느가 눈물을 흘리자 오를레앙은 말없이 그녀의 어깨를 도닥거렸다. 평소 마음고생이 심했던 그녀였던지라 오를레앙의 위로에도 불구하고 더욱 흐느껴 울었다.

"하지만 앞으로 저희들이 가야 할 길은 더욱 험난할 것입니다. 결국 그들이 본격적으로 모습을 드러낸 바, 대륙의 정세가 뒤흔들리고 있는 실정을 무시할 수 없습니다."

레이지는 굳은 얼굴로 창밖을 내다보았다. 그날 벌어졌던 일을 최악의 상황으로 치닫지 않도록 막는 데 성공했다 하여도, 다른 곳에서 일어난 사건마저 막을 수 없었기에.

"전하께선 다른 국가들의 정황을 최대한 빨리 수집해 주시길 바랍니다. 줄리앙이라면 알아서 움직이고 있을 거라 생각되지만……."

"깨어나자마자 급히 발렌시아 왕국에 서신을 보냈습니다. 정보를 모으는 데 걸리는 시간까지 감안하면 최소 한 달은 걸릴 겁니다."

"한 달이라, 좀 더 빠르면 좋겠지만 어쩔 수 없군요."

제국의 잔당들이 대륙 곳곳에서 자신들의 존재를 드러냈다는 소문 자체는 실시간으로 퍼지는 중이지만, 레이지가 원하는 건 보다 정확한 정보였다. 무작정 움직이기보단 지금은 잠시 숨을 고르면서 앞으로의 일정을 계획할 때다.

그런 의미에서 냉정히 생각하면 한 달은 길지도 짧지도 않은 적당한 기간이었다.

프레드릭은 이야기를 나누고 있는 레이지와 오를레앙을 바라보다가 고개를 뒤로 젖히고 천장을 향했다.

'역시… 지금의 나로선 나르디안 경을 이기기에 무리야.'

그는 나르디안과 맞섰던 지난 전투를 회상했다.

급격한 랭크의 성장 뒤에 찾아온 반작용 때문이라 하여도, 같은 그랜드 마스터간의 결투라고 생각하기 힘들 정도의 전투였다. 결국 프레드릭은 나르디안의 공격을 버텨내며 시선을 끄는 역할밖에 할 수 없었다. 그것만으로도 충분하다고 스스로를 위로하기엔 프레드릭은 자기 자신에게 너무나 엄격했다.

　"제이워드."

　자신의 옛 이름에 반응한 레이지는 프레드릭과 서로 마주봤다.

　"지금 시점에서 말하긴 안 어울린다고 생각하지만……."

　"무슨 생각하는지 알아."

　그동안 거쳐 간 동료들 중 가장 오랫동안 함께한 프레드릭이었기에 레이지는 그의 마음을 쉽게 읽을 수 있었다.

　"네가 없으면 솔직히 부담스럽지만 그렇다고 지금의 널 억지로 데리고 다니기엔 무리지."

　"미안하다. 역시 예전 수준까지 실력을 끌어올리는 것이 나에게 제일 급선무라고 생각해."

　대축제에서의 전투에선 프레드릭은 레이지가 예상한 만큼의 활약을 해주었다. 그렇기에 반드시 혼자 수련하러 떠날 거라는 확신으로 이어졌다.

　"굳이 지금 당장 길레터 왕국을 떠날 필요는 없을 거야. 저택 지하의 비밀수련장을 예전처럼 이용해 주길 바래. 물론 네가 단독으로 길레터 왕국을 떠났다는 소문을 퍼뜨릴 테니 졸다크 왕국과의 충돌도 당장은 피할 수 있지. 다른 거 절대 신경 쓰지 말고 원래 힘을 되찾는 것에만 전념해."

"미안하다."

프레드릭은 거듭 미안하다는 말만을 되풀이했다.

"대신 부탁이 있어."

레이지는 알현 도중 내내 자신을 예전과는 전혀 다른 눈초리로 바라보던 케이지를 떠올리며 말했다.

5

커튼이 쳐진 방 안은 대낮임에도 어두컴컴했다.

나르디안은 그날 이후 일체의 식사를 거부하고 와인만을 연달아 들이켰다. 탁자 아래에는 텅 비워진 와인 병들이 옆으로 놓여져 있었고, 방 안은 술냄새만이 가득했다.

"들어가겠다."

베른이 문을 열자 틈 사이로 살짝 빛이 들어왔다.

나르디안은 오른손으로 빛을 가리며 고개를 반대편으로 돌렸다.

"괜찮은가?"

"술은 마셨지만 취하지 않았어."

실제로 그녀의 혀는 꼬이지 않았다. 빛에 드러난 얼굴은 조금도 빨갛지 않고 원래의 혈색 그대로였다.

베른은 고개를 살짝 숙이더니 오른쪽으로 돌렸다. 그의 허리에도 닿지 않을 키의 자그마한 소녀가 바짓자랑이를 붙들고 서 있었다.

"길레터 왕국 건을 제외하고는 모두 성공했다. 그렇게 자책할 필요는 없다고 생각한다."

"……."

9월 30일, 동시다발적으로 진행되었던 그들의 계획은 단한 곳을 빼고 성공리에 마무리되었다. 그 결과 수년간 잊혔던 공포와 혼돈이 대륙을 천천히 휘감기 시작했다.

하지만 절대 다시 거론되어서는 안 되는 제이워드의 이름이 사람들의 입에 오르내리기 시작했다. 공포에 떨며 절망에 휩싸여야 할 인간들에게 한 가닥 희망의 끈이 내밀어졌다는 사실만으로도 나르디안의 심기는 불편하기 이를 데 없었다.

"더 확실히 일을 처리했어야 했어."

"이미 지난 일이다. 앞으로 해야 할 일에 신경 쓰는 것만으로 족하다."

나르디안은 반쯤 채워진 와인 잔을 입에 가져갔다가 마시지 않고 탁자 위에 내려놓았다.

"지금이라도 암살자들을 보내서…… 아니야."

그녀의 힘을 믿고 길레터 왕국의 다음 왕이 될 거라 확신했던 켈릭 대공은 체포되어 감금되었다. 의지력 따윈 조금도 없는 그가 알고 있는 내용을 술술 불었음이 분명하기에 길레터 왕국 내 조직원들을 서둘러 철수시킨 상태다. 경계태세가 강화된 곳으로 섣불리 암살자를 보내봤자 실패할 확률이 높은 이상 가만히 술을 들이켜며 화가 가라앉기만을 기다려야 했다.

그렇다고 나르디안 본인이 직접 나서기도 뭐한 상황이었다. 제이워드의 제자라 자칭한 소년이 보여준 알 수 없는 능력은 랭크 7의 오러마저 무력화시키는 두려운 힘이었다. 그것에 대한 대응책을 세우지 않고 무작정 덤빈다면 지난번보다 더 나쁜 결과만을 초래할 것이 분명했다.

"휴식은 오늘까지다. 그것만은 잊지 마라."

"잘 알고 있어."

베른의 말조차 짜증스럽게 느낀 나머지 나르디안은 오른손에 쥐어져 있던 와인 잔을 강하게 움켜쥐었다. 산산조각 난 유리조각이 탁자 위에 흩어졌고 흘러내린 와인이 탁자보를 붉게 물들였다.

베른이 문을 닫고 나가자, 그를 따라왔던 소녀 케이트는 말없이 창문 쪽으로 다가갔다. 커튼을 살짝 젖히고 밖을 바라보는 케이트의 눈동자는 여전히 죽어 있었다.

"엄마······."

케이트가 유일하게 말할 수 있는 단어가 멍하니 벌려진 입에서 흘러나오자, 나르디안의 눈꼬리가 휙 치켜 올라갔다.

죄책감 같은 건 느껴지지 않았다. 케이트의 눈앞에서 어머니 밀레나를 죽인 이상 죄책감은 단지 위선에 불과하다는 걸잘 알기 때문이다. 단지 이제는 더 이상 새 생명을 잉태할 수없게 된 자신의 배를 와인과 피에 젖은 손으로 어루만질 뿐이었다.

6

파지직!

두 여성 사이에서 뿜어져 나온 전격이 서로 뒤엉키며 번쩍거렸다. 강렬한 빛이 넓은 수련장 안을 가득 메웠고, 빛이 사라지자 근접해 있던 마리에타와 마력인형은 어느새 거리를 멀찌감치 떼우고 주문을 외우고 있었다.

"라, 바스(불타올라라)."

마력인형의 입에서 억양의 변화 없는 인위적인 목소리가흘러나오자 마리에타의 주변을 둘러싸는 원형의 불길이 대리석 바닥에서 위로 치솟았다. 하지만 미리 마나의 장벽을 구현하여 불길을 막아낸 마리에타는 블링크로 마력 인형의 등 뒤로 순간 이동 했다.

"……료 테스(땅이여, 솟아올라라)!"

이전보다 훨씬 빠른 속도로 캐스팅을 마친 마리에타는 두 손을 대리석 바닥에 가져갔다. 그러자 끝이 뾰족한 거대 암석이 바닥을 뚫고 솟아오르면서 마력인형을 위로 밀쳐 냈다. 위로 쑥 솟아오른 암석이 천장을 박살 낸 결과 무수한 대리석 파편이 아래로 후두둑 쏟아졌다.

먼지가 피어올라 시야가 막힌 상황에서 마리에타는 마력인형의 마나가 암석 뒤로 움직이는 걸 파악하더니 몸을 일으켰다. 앞으로 내민 두 손에서 마나의 장벽이 2중으로 펼쳐졌다.

둘 사이를 가로막던 암석이 순간 산산조각 나더니 마리에타를 향해 날카로운 바람의 칼날이 돌진했다. 그러나 바람은 2중으로 펼쳐진 마나의 장벽을 뚫지 못하고 주변으로 튕겨나갔다.

"호오……."

둘의 대결을 지켜보던 엘레노어는 마리에타의 움직임에 살짝 감탄했다.

처음 마력인형을 상대했을 때의 무기력한 마리에타는 더 이상 존재하지 않았다. 두 달이라는 시간 동안 하루도 거르지 않고 쓰러지기를 반복한 결과, 마리에타는 자신과 똑같은 랭크의 마력인형을 상대로 밀고 밀리는 각축전을 벌이고 있었다.

덕분에 마리에타의 얼굴에는 크고 작은 흉터들이 자리 잡았다. 비록 맘에 들지 않는 '제자'라 하여도 여자 얼굴에 흉터가 남는 건 꺼려했던 엘레노어는 또 한 명의 제자인 마리안느를 통해 상처를 치료하도록 지시했다. 하지만 엘레노어 나름대로의 배려를 마리에타는 한 달 전부터 거부했다. 그깟 흉터 좀 남는 것에 연연하지 않고 마력인형과의 대결에 집중하겠다는 의지 표현이기도 했다.

처음 한 달 동안 마리에타는 마력인형의 공격 패턴을 아예 외워서 대응하려고 했다. 그러나 무수한 실전 속에서 익힌 엘레노어의 공격 방식이 그대로 녹아들어간 마력인형을 상대로 의미없다는 걸 그녀는 뒤늦게나마 깨달았다.

여러 시행착오를 거친 결과 마리에타가 깨달은 사실은, 감각적으로 마력인형의 공격에 대응하고 상대의 마나를 감지하며 가급적 빠르게 공격하고 기회를 노리는 방식의 치고 빠지는 전법을 채택했다.

그 결과 마력인형과의 대결이 10분 안팎으로 끝났던 기존과 달리 30분 이상 버티는 데 성공했다. 특히 오늘은 50분을 넘어서는 성과까지 이루었다.

'좋았어!'

서로 뒤를 잡는 각축전이 벌어지던 와중에 마리에타의 마법이 마력인형의 오른팔에 작렬했다. 검게 그을린 오른팔이 아래로 축 처지자 마력인형은 시전하던 마법을 취소하고 블링크로 거리를 벌렸다.

'이번에야말로 성공하겠어!'

빠르게 마법을 캐스팅하기 위해선 상대적으로 위력이 낮은 마법을 선택해야 한다. 하지만 그보다 더 나은 방식을 마력인형의 주인이 쓰는 걸 마리에타는 기억하고 있었다.

마리에타는 우선 오른손을 내밀더니 마나의 장벽을 펼쳤다. 거대한 반구체 형태로 마나의 장벽이 자신을 완벽하게 보호하자, 마리에타는 정신을 집중하며 룬 문자를 읊기 시작했다.

"페 바스 데르 벤(바람에 휩싸인 위대한 존재여)……."

잠자코 둘의 대결을 지켜보고 있던 엘레노어의 눈동자가 크게 떠졌다. 두 개의 마법진이 연달아 마리에타의 머리 위에 떠오르는 걸 보고 더블 캐스팅을 시전하는 줄 알았지만, 이내 두 개의 마법진이 대각선 방향으로 교차하는 걸 보자마자 놀라지 않을 수 없었다.

"어, 애송이 너 설마……."

식은땀을 흘리며 룬 문자를 읊는 데 주력하고 있는 마리에타와 달리 마력인형은 특유의 무표정한 얼굴로 주문을 완성하더니 손바닥이 위로 향하도록 양손을 내밀었다. 직선 형태의 불길이 양 손바닥에서 치솟아 오르더니 휘어지며 서로 합쳐졌다. 그리고 마리에타를 향해 빠른 속도로 발사되었다.

마나의 장벽이 불길에 의해 산산조각 나며 마리에타를 휘감았다. 하지만 불길 속에서도 마리에타는 룬 문자를 계속 읊었다.

"……페 바스!"

바람 속성의 고위 마법, 윈드 와이번이 완성되면서 강렬한 바람이 마리에타의 주변에 휘몰아쳤다. 산산이 찢겨 나간 불길은 어느새 사라져 버렸고 윈드 와이번의 거대한 두 개의 날개가 펄럭이며 날카로운 바람을 뿜어냈다. 마력인형은 연달아 마나의 장벽을 시전하며 바람을 막아냈고, 윈드 와이번의 패턴에 맞춰서 다음에 뿜어질 강렬한 브레스를 막아낼 준비를 했다.

하지만 마리에타는 고위 마법 윈드 와이번의 구현 방식을 살짝 비틀었다. 제자리에 멈춰 서서 브레스를 뿜어내는 게 아니라, 브레스를 뿜으면서 앞으로 돌진했다. 그리고 마력인형의 뒤로 한 바퀴 휙 돌더니 마리에타 쪽으로 돌아오면서 다시 브레스를 뿜었다.

마력인형이 윈드 와이번의 공격을 막아내는 내내 다른 마법을 준비할 겨를이 없을 거라 판단한 마리에타는 이미 또 하나의 마법을 완성시켰다. 윈드 와이번이 사라짐과 동시에 마리에타의 오른팔에 맴돌고 있던 날카로운 바람이 마력인형을 휩쓸어 버렸다. 마력인형이 걸치고 있던 로브는 갈가리 찢겨나갔고, 몸 이곳저곳에 깊게 베인 자국이 자리 잡았다.

"기동… 종료."

결국 마력인형은 마리에타의 마법을 버티지 못하고 바닥에 쓰러졌다. 연달아 마법을 구사한 마리에타는 급격한 마나 소모 때문에 시야가 흔들리면서 정신이 멍해졌다. 그러나 가까스로 균형을 잡고 두 다리로 버텼다.

"이제야 밥값 할 정도는 되었군."

엘레노어는 피식 웃으면서 마리에타 쪽으로 걸어갔다.

"괜찮아?"

"말… 시키지 마세요. 정신이 하나도…….."

"애써 무리하긴."

엘레노어는 비틀거리는 마리에타의 등을 한 번 툭 치더니 쓰러져 있는 마력인형을 향해 두 손을 내밀었다. 그러자 빛에 휩싸인 마력인형이 원래 모습으로 돌아갔고, 그 위로 마나로 이루어진 구체가 천천히 떠올랐다.

엘레노어가 오른손을 살짝 까닥거리자 빛나는 구체가 공중에 뜬 채로 마리에타를 향해 이동했다. 그 구체는 거친 숨을 몰아쉬느라 오르락내리락을 반복하는 그녀의 가슴 안으로 스며들었다.

"이, 이것은?"

거의 바닥났던 마리에타의 마나가 빠른 속도로 회복되었다. 아니, 그것을 넘어서서 체내의 마나가 원래 양보다 증가하기 시작했다. 몸 구석구석으로 퍼진 마나로 인해 마리에타의 몸이 미약한 빛에 둘러싸였다. 그리고 어깨를 살짝 뒤덮을 정도의 길이였던 머리카락이 길게 자라나더니 어느새 등을 지나 허벅지에 닿기에 이르렀다.

"이게 도대체 어떻게 된 일이죠?"

"뭐긴 뭐야? 앞으로 한 단계 더 올라가면, 너나 옛날의 그 녀석과 동급이 된다는 이야기지."

"그 이야기는!"

"그래, 너의 할아버지와 동급이 되었다는 소리다."

7

마력인형을 기동시키기 위해 사용된 막대한 양의 마나는 마리에타의 서클을 한 단계 올리기에 충분했다. 엘레노어는 애당초 마리에타가 마력인형을 쓰러뜨릴 경우 이렇게 되도록 조작해 놓은 터였다.

"아니다, 정정하겠어. 그 이상한 노인보다 위다. 혹시나 하고 마력인형에게 듀얼 캐스팅을 구현시켰는데 겨우 두 달 만에 따라할 줄이야. 이젠 애송이라고 부를 수 없어 아쉬워."

무수한 실전을 통해 터득한 듀얼 캐스팅을; 아직 스무 살도 안 된 마리에타가 터득하자 엘레노어는 착잡한 심정을 떨쳐내기 힘들었다. 워낙 실전 경험이 없어서 마구 구박하면서 몰아붙이긴 했어도 이렇게 빨리 익힐 줄은 예상 밖이었다.

'평화 속에서 나타난 서클 5의 마법사이니⋯ 천재임은 분명했지. 단지 반쪽짜리 천재였지만.'

여전히 실전 경험은 더 쌓아야 했지만 단 두 달 만에 듀얼 캐스팅을 익힌 이상 성과는 충분했다. 마력인형과의 기나긴 대련이 어설픈 실전보다 훨씬 효과적이라는 예외로 쳐도 말이다.

"내, 내가 드디어 서클 6에⋯⋯."

마리에타는 기쁨을 주체하지 못하고 털썩 주저앉더니 두 팔을 교차시킨 채로 어깨를 감쌌다. 드디어 서클 6에 도달했다는 사실에 기쁜 나머지 막상 더 대단한 듀얼 캐스팅의 터득에 대해서는 잊고 있었다.

그동안 마력인형을 상대로 매일 쓰러져야 했던 고통과, 그런 자신을 위에서 내려다보며 엘레노어가 쏟아냈던 독설과 멸시를 떠올리자 가슴이 울컥했다. 하지만 엘레노어를 의식해서 그런지 억지로 눈물을 참았다.

"고작 서클 6이 되었다고 만족하진 마. 날 뛰어넘겠다고 호 언장담하지 않았냐?"

"네?"

마리에타는 엘레노어에게 그런 말을 직접 한 기억은 없었 다. 펠튼에게 보낸 편지에 적은 적은 있었어도.

"설마 편지를 뜯어본 거예요?"

"굳이 뜯어볼 필요도 없었어. 그냥 봉투 위에서 투시해 읽 으면 되는데 뭘. 그렇다고 날 죽일 듯한 눈초리로 노려보지 마. 혹시라도 네가 허튼소리라도 적을까 봐 확인해 본 것뿐이 야."

"……."

마리에타는 벌떡 일어서더니 엘레노어를 정면으로 응시했 다.

"제이워드가 사실은 죽지 않고, 레이지라는 소년으로 되살 아났다는 걸 적었을 수도 있잖아?"

"제가 그럴 거라 의심했나요?"

"널 만난 지 이제 고작 두 달밖에 안 되었는데 어떤 행동을 할지 어떻게 알아? 뭐, 그건 그렇다 치자."

지금 그녀에게 중요한 건 마리에타와의 신경전 따위가 아 니다. 마리에타가 조금이라도 성장한 모습을 보일 때까지 미뭐왔던 일을 해치우는 것이 우선이었다.

"마음 같아서는 너의 실력을 훨씬 더 끌어올린 뒤 녀석에게 휙 내던져 주고 싶지만, 상황이 바뀌었어."

마리에타가 마력인형을 상대로 실력을 향상시키기 위해 노력하는 동안 엘레노어 역시 앞으로 있을 일을 위해 연구실에 틀어박혀 있었다.

그 결과 일주일 전, 엘레노어는 서클 0의 마법 중 하나인 시간 회귀 마법을 완벽하게 해석했다. 그리고 무거운 침묵 속에서 밤을 지새웠다.

"무슨 소리죠?"

"좀 더 알아내야 확신할 수 있어. 그러니 지금 들어봤자 너는 이해하지 못할 거야. 그 녀석 정도나 알아들으려나."

엘레노어는 제멋대로 말을 끝낸 뒤 마리에타를 머리부터 발끝까지 찬찬히 훑어보았다. 얼굴에 자리 잡은 흉터야 그렇다 치더라도 거의 넝마 수준이 된 로브는 도저히 봐주기 힘들었다.

"그 로브, 도대체 얼마나 입은 거야? 누가 보면 3대에 걸쳐 물려받은 줄 알겠다."

"그렇게 만든 본인의 입에서 나올 말인가요?"

"세탁하거나 수선하는 정도로 해결될 문제는… 아니로군. 좋아, 예정보다 이르지만 졸업 선물로 충분하겠지."

엘레노어가 손가락을 튕겨 소리를 내자, 마리에타가 걸치고 있던 로브가 고운 가루가 되어 대리석 위에 쏟아져 내렸다.

"꺄아악!"

속옷을 제외하고 거의 알몸이 되다시피 한 마리에타의 입에서 비명이 터져 나왔다. 마리에타가 두 팔로 가슴을 가리고 몸을 수그리자 엘레노어의 입에서 저절로 핀잔이 흘러나왔다.

"어차피 여자밖에 없는데 웬 호들갑이야?"

엘레노어는 또 한 번 손가락을 튕겨 소리를 냈다. 그러자 천장에서 구멍이 뚫리면서 무언가가 아래로 쑥 내려왔다. 무언가를 감싸고 있는 검붉은 색의 보따리였다.

"원래 내가 입으려고 했지만, 선심 쓴 거다?"

마리에타는 불만이 가득한 얼굴로 보따리를 건네받았다. 그리고 재빨리 풀어 안에 있던 옷을 서둘러서 입기 시작했다.

로브가 아닌, 상의와 하의로 나뉜 새 옷을 다 입은 마리에타는 두툼한 통굽이 달려 있는 검은색 샌들을 신고서 몸을 일으켰다.

"거울 필요하지?"

엘레노어가 손을 살짝 움직이자 천장에 난 구멍으로 기다란 거울이 쑥 떨어지더니 마리에타 앞에 놓여졌다. 거울에 비친 자신의 전신을 본 마리에타의 얼굴이 확 달아올랐다.

"이, 이 옷은 뭐죠?"

"마법으로 장기간 특수 처리된 가죽으로 만든 옷이지. 서클 5까지의 마법은 무난히 견뎌낼 거다. 그렇다고 무작정 마나의 장벽을 펼치지 않고 버틸 생각 따윈 하지 마. 아, 오러나 마법 혹은 다른 방법으로 공격당해 손상당하더라도 시간이 지나면 알아서 원래 형태를 되찾으니 수선할 필요도 없을 거다."

"재질 말고 디자인 말이에요!"

갈색 가죽으로 된 바지는 특이하게도 양옆이 발목부터 허벅지까지 직선으로 길게 트여 있었고, 그 트인 부분을 하나의 끈으로 지그재그 형태로 묶고 있었다.

상의 역시 갈색 가죽 재질의 옷으로 어깨와 쇄골을 적나라하게 드러내는 디자인에 가슴 사이가 파여 있었다. 가슴 사이를 바지처럼 끈을 교차시켜 묶고 있었기에 은근한 노출도를 지니고 있었다.

"로브처럼 펑퍼짐하게 만들기보단 이렇게 신체에 착 들어맞아야 대(對) 마법 성능이 더욱 상승해."

"이 옆트임도 그런 의미에서 넣었나요?"

"아니, 그건 단순히 내 취향…… 이라기보단 제이워드의 취향에 맞춘 거야. 그 녀석, 은근히 살짝 노출되는 편을 선호하거든."

"하아, 더 이상 화낼 기운도 없어요."

"어차피 너도 그 녀석에게 잘 보이는 편이 좋잖아. 그것보다 착용감은 어때? 몸에 착 달라붙긴 해도 움직이긴 되려 편할 걸. 가죽 안쪽에 천을 덧대서 부담도 덜할 테고."

실제로 앉았다 일어서고 몸을 좌우로 돌렸음에도 전혀 불편하지 않자 마리에타는 의외라는 표정을 지었다. 하지만 로브에 비해 파격적인 노출도를 보이는 디자인에 난색을 표할 수밖에 없었다.

"갑갑해?"

엘레노어의 물음에 마리에타는 말없이 오른손으로 가슴 위를 가리켰다.

"나보다 미묘하게… 아니, 훨씬 크잖아? 너 옷 입으면 되려 말라 보이는 타입이었어? 정말 짜증나네."

엘레노어는 잔뜩 찌푸린 얼굴로 마리에타의 가슴 사이를 조이고 있는 끈을 풀어 파인 부분을 더 넓힌 뒤 다시 묶었다.

"마지막으로……."

엘레노어는 옷과 샌들을 감싸고 있던 보자기를 펼쳤다. 그리고 마리에타의 등에 걸치자 자연스럽게 망토가 되었다.

"잠깐, 너무 길게 자라나서 그냥 놔두면 거추장스럽겠다."

마리에타의 머리카락은 마력인형을 만들기 위해 잘랐을

때보다 더 길어졌다. 엘레노어는 검은색 머리끈을 꺼내더니 뒷머리를 하나로 모아 목 언저리 부근에서 묶었다. 그리고 앞머리를 옆으로 내려 양쪽 볼을 살짝 감싸는 형태로 정돈했다. 가장 눈에 띄는 왼쪽 볼의 흉터에 반창고를 붙여주었다.

"그 샌들과 망토 역시 마법이 걸려 있는 귀한 물건이야. 웬만한 함정은 피해갈 수 있고, 블링크를 쓸 때 조금 더 멀리 이동할 수 있을 거다."

"이렇게 귀한 걸 저에게 줘도 되는 건가요?"

사실 노출도 높은 디자인만 빼고 본다면 상당히 유용한 장비임은 분명하다. 그걸 갑자기 마구 건네주는 엘레노어의 의도를 마리에타는 이해할 수 없었다.

"아까 말했잖아? 졸업 선물이라고."

"졸업 선물?"

"분명히 말해두겠는데 넌 여전히 미흡해. 하지만, 널 더 이상 붙잡고 있을 상황이 아니거든."

3일 전 제자 쉐스가 보낸 서한을 읽은 엘레노어는 더 이상 마탑에 머물고 있을 때가 아니라고 판단했다. 무엇보다 시간 회귀 마법에 얽힌 비밀을 알게 된 시점부터 언제 떠나야 할지 타이밍을 잡고 있던 터였다. 마리에타가 마력인형을 쓰러뜨린 지금이 적절하다.

"내 예측이 맞는다면, 우리들이 살고 있는 지금 이 시간은 누군가에 의해……."

"네?"

"아, 아니야. 이건 나중에 확실히 알게 된 이후 말해주도록
하지. 우선은 그 녀석이 있는 곳으로 갈 거다."

Chapter 46
반복되는 헤어짐과 만남

1

"뜨뜨뜨뜨거워!"

오를레앙은 새빨갛게 달아오른 오른손을 움켜쥐고서 펄쩍 뛰었다. 그는 비밀수련장 안을 이리저리 뛰어다니더니 물이 가득 담긴 나무통을 발견하고서 잽싸게 오른손을 집어넣었다. 넣는 순간 김이 확 피어오르더니 차갑게 식어 있던 물이 금세 미지근하게 변해 버렸다.

"아이고오……. 하마터면 구이가 될 뻔했습니다."

"나름 위력을 조절했다고 생각했는데도 그 정도입니까?"

레이지는 방금 전 오를레앙의 오른손을 움켜쥐었던 자신

의 왼손을 유심히 살펴봤다. 대련 도중 보검 아르젠트를 피해 오를레앙의 오른손을 움켜쥐었고, 나르디안에게 썼던 '그 방법'을 시도해 봤다.

"그게 워락의 기술 중 하나인 '침식(侵蝕)' 입니까?"

"네."

제이워드의 제자임이 거의 확실하게 밝혀지자 레이지는 마음껏 길레터 왕궁내 도서관을 이용할 권리를 얻었다. 레이지는 워락이라는 단어가 단 한 번이라도 언급된 서적을 모조리 대출해 비밀수련장 안에 쌓아두고 속독했다.

그 결과 레이지는 지난번 나르디안을 궁지로 몰아넣었던 기술이 '침식' 이라는 이름으로 명명되었다는 걸 파악했다.

자신이 아닌 타인의 오러를 이용해 융합의 효과를 발휘하는 것을 의미하며, 직접 상대의 오러와 접촉한 상태에서만이 가능하다.

거의 50여 권이 넘는 책을 뒤져 봤지만, 막상 침식에 대한 설명은 짤막했다. 무엇보다 어떤 원리와 과정으로 침식을 시전하는지에 대해선 구체적으로 설명되지 않았기에 큰 도움은 되지 못했다. 결국 '침식' 이라는 명칭 하나만을 알게 된 것에 불과했다.

"왜 나르디안 경이 고전했는지 이제야 알겠습니다. 제 오

러가 레이지님의 마법에 벗겨진다랄까? 그런 느낌이라 공격
은 물론 방어도 불가능해지더군요."

오를레앙은 물속에서 오른손을 꺼내 살펴보았다. 레이지
로부터 떨어지자마자 잽싸게 오러로 감싸 피해를 줄이긴 했
지만, 벌겋게 달아올라 붓는 것만은 막을 수 없었다.

"장점만 있는 게 아닙니다. 우선 상대의 오러에 직접 닿아
야 하기 때문에 최대한 근접하지 않으면 사용이 불가능하죠.
융합보다 마나 소모량이 더 커진다는 단점도 빼먹으면 안 됩
니다. 뭐, 이것도 있고 저것도 있으니 큰 문제는 아닐 겁니
다."

레이지는 이것이라고 말할 때 허리에 찬 베이그란트의 서
를 툭툭 두들겼고, 수련장 구석에서 홀로 성서를 읽고 있는
쉐스를 가리키며 '저것'이라 지칭했다.

"사람보고 저것이 뭡니까?"

"그러면 마르지 않는 마나의 샘이라고 정정해 줄까?"

"됐습니다."

쉐스는 혀를 차더니 아예 벽 쪽으로 몸을 돌리고 앉았다.
나르디안의 습격 때 제 역할을 못했다는 부담 때문인지 신경
이 날카로워져 있었다.

"그나저나 위락에 대한 정보를 더 얻었으면 좋았을 텐데.
엘레노어도 침식에 대해서는 모르고 있을 정도이니."

사실 침식에 대한 이야기는 막상 마법서가 아닌 역사서에서 찾아냈다. 지금의 레이지 이전에 나타난 마지막 워락은 무려 100년 전의 인물이다. 워락이라는 존재가 정책적으로 육성하기에 불가능하다는 특성 탓에, 워락에 대한 연구나 워락 고유의 기술이 상세히 기록된 문헌은 극도로 찾기 힘들었다.

　"하지만 레이지님, 반대로 생각해 보는 건 어떻습니까? 상대 측에서도 워락에 대해 제대로 모르기는 마찬가지이니……."

　"그렇게 생각할 수도 있습니다만, 그것에 안주할 수는 없는 노릇입니다."

　지금 당장에라도 길레터 왕국을 떠나 대륙을 돌아다니며 직접 워락에 대한 정보나 숨겨진 진실을 알아내고픈 심정이었다. 그러나 길레터 왕국 전역에 선포된 경계령 탓에 국경을 넘나드는 건 무리였다.

　무엇보다 레이지의 맹활약이 입소문으로 널리 퍼지자 그를 직접 보기 위해 매일 100여 명에 가까운 사람들이 저택 앞에 진을 친 탓에 밖으로 나가는 것조차 용이하지 않았다.

　제이워드의 진정한 제자라는 사실에 많은 마법사들이 흥미를 가지고 레이지와의 만남을 요청했다. 개중에는 진짜 제이워드의 제자인지 확인하겠다는 의미로 대련을 신청하는 경우도 적지 않았다. 결국 레이지는 본의 아니게 저택 지하의 비밀수련장에 틀어박혀야 했다.

"레이지, 들어가도 되겠느냐?"

케인즈의 목소리가 출입구 너머에서 들리자, 레이지는 문에 걸어두었던 잠금 주문을 해제했다. 문을 열고 들어온 케인즈 뒤에 하녀 크레아가 따라와 레이지를 향해 인사를 했다. 그녀는 점심식사가 담긴 바구니를 내려놓고 도로 밖으로 나갔다.

"아버님, 여전히 밖은 시끌벅적합니까?"

"아니, 어제부턴 더 이상 오지 않더구나. 아마도 네가 여기에 틀어박혀 얼굴도 드러내지 않으니 포기한 거겠지. 그래도 그렇지, 계속 여기에서 먹고 자는 건 좀 그렇지 않느냐?"

케인즈는 예전과는 '다른' 의미로 도통 밖에 나갈 생각을 하지 않는 아들이 안쓰럽기만 했다.

"가뜩이나 네 형이 그 모양인데……."

"아직도 그 상태입니까?"

"결국 내가 그 녀석 자리를 대신 맡게 되었다."

나르디안의 습격 당시 자기 자신의 부족함과 오만함을 동시에 깨달아서였을까, 케이지는 결국 기사단장 자리를 스스로 포기하고 방에 틀어박혔다. 이제까지 실패라는 단어를 모르고 자랐던 그였기에 스스로에 대한 실망을 어떻게 극복해야 하는지 알지 못했다.

"내 아들인 이상 언젠가는 극복하고 다시 일어서겠지만, 그렇게 믿고만 있기엔 너무 불안하구나. 다행이도 '베릭쿠스'가 길레터 왕국 내에선 활동하는 기색이 안 보여서 마음이 놓이긴 해도 말이다."

9월 30일, 대륙 곳곳에서 동시 다발적으로 발생한 테러 이후, 제국 잔당들은 크루디아란 이름이 사라지지 않았음을 선포하는 의미로 스스로를 '베릭쿠스'라 지칭했다. 크루디아 제국의 전성기를 상징하는 세 명의 황제 중 두 번째인 베릭쿠스 3세의 이름에서 따온 것이다.

"너무 걱정하진 마십시오. 조만간 이곳을 뜰 작정입니다."

"대륙이 혼란에 휩싸인 지금 어디로 가겠다는 말이냐? 나는 너무나 걱정된단다."

"아버님, 저는 대마법사 제이워드의 제자입니다. 그 혼란을 제가 잠재워야지 누가 하겠습니까?"

"그렇긴 해도……."

망나니라 손가락질 받던 때의 기억이 아직도 남아 있어서일까, 케인즈는 아들이 스스로 위험 속으로 뛰어들고 있음을 쉽게 받아들일 수 없었다.

하지만 지난번 나르디안에게 맞서 싸우던 아들의 실력은 이미 자신을 뛰어넘었음을 인식했다.

"아버님께선 길레터 왕국을 지키는 데 사력을 다해주십시오. 그래야만이 마음 놓고 베릭쿠스의 음모를 막을 수 있습니다."

"그래, 알겠다."

2

그로부터 3일 뒤.

짙은 어둠 속에서 한 대의 마차가 빠른 속도로 도로를 질주 중이었다.

"쫓아오는 자들은 없는 것 같습니다."

쉐스는 감았던 눈을 뜨며 마나 감지를 중단했다.

"프레드릭 경 덕분에 시선이 한 곳에 쏠렸으니까요, 안 그렇습니까?"

오를레앙의 물음에 레이지는 살짝 웃으며 옆자리에 펼쳐 놓은 종이 위에 무언가를 기록했다. 앞으로 그들이 가야 할 곳에 어떤 난관이 기다리고 있는지 기억나는 대로 적는 중이었다.

"그래도 오늘 파티는 저도 가고 싶었습니다. 참고 있으니 계속 감질맛이 나는군요. 에잉……."

베릭쿠스의 동시 다발적 테러로부터 보르지아 6세를 구한 프레드릭을 위한 파티가 현재 왕궁 내에서 진행 중이었다. 지난번 레이지가 보르지아 6세를 알현한 이후 공식 석상에서 단 한 번도 얼굴을 드러낸 적이 없었던 프레드릭이었기에, 그가 참석한다는 말을 듣고 길레터 왕국 곳곳에서 많은 귀족들이 왕궁으로 몰려들었다.

그 틈을 타 레이지는 길레터 왕국을 떠나기로 결심했다. 그동안 베릭쿠스의 동향을 여러 모로 파악한 결과 더 이상 저택에 머물러 있을 이유는 없었기 때문이다.

"그나저나, 드디어 가보게 되는군요!"

"그렇게 좋습니까? 거긴 절대 만만한 곳이 아닙니다."

"그러니까 더욱 기대되는 것 아니겠습니까?"

지난번 어이없는 이유로 유적 탐사가 취소된 이후 오를레앙은 오늘이 오기만을 기다렸다.

"레이지님은 예전 제이워드일 때 홀로 정복하지 않았습니까?"

"아크메이지일 때의 이야기입니다. 지금과는 많이 다르죠."

"헤스자 유적이라……. 입구 근처에서 구경했던 적은 있지만 직접 안으로 들어가게 될 줄은 몰랐습니다."

헤스자 유적.

고대 문명의 발상지 중 하나로 알려져 있으며, 15층에 달하는 높이를 자랑하는 건축물이기도 하다. 다른 유적들과 달리 복잡한 구조는 아니지만 각 층마다 잠들어 있는 몬스터들의 수준은 상상을 초월한다. 특히 이곳의 몬스터들 대부분이 서클 5 이하의 마법에 강력한 내성을 지니고 있기에 매직 유저의 무덤이라 불리우기도 한다.

그러기에 헤스자 유적의 최상층까지 도달한 마법사야말로 진정한 매직 유저로 인정받는다. 실제로 역사상 알려진 아크메이지들 대부분이 헤스자 유적을 단독으로 돌파했으며, 가장 최근에 이곳을 정복한 자는 다름 아닌 제이워드였다.

"헤스자 유적은 어떤 곳입니까?"

오를레앙의 질문에 레이지의 표정이 순간 굳어버렸다.

"지독했습니다."

"아크메이지일 때에도 말입니까?"

"아크메이지가 아니었다면 5층 위로 올라가는 건 불가능했을 겁니다."

실제로 제이워드였을 때의 그는 세 번이나 유적 밖으로 나오기를 반복한 끝에 최상층에 도달할 수 있었다. 매직 유저에게 그곳은 최고의 시련을 안겨주는, 다른 의미로는 최고의 수련 장소이기도 했다.

"오히려 지금 구성 인원이라면 옛날보다 조금이나마 더 수월하게 탐사할 수 있을 겁니다."

랭크 6과 5의 오러 유저언 오를레앙과 카트린느, 그리고 워락인 레이지 본인과 세이지 쉐스라면 불가능한 일은 아니다. 물론 죽어라 고생할 것을 기본으로 각오하고서.

"프레드릭과 함께한다면 훨씬 쉽겠지만, 일부러 그를 제외시켰습니다."

레이지는 일부러 험난한 길을 택한 나름대로의 이유가 있었다.

우선 그가 제이워드의 제자라는 사실을 대륙 곳곳에 확실히 각인시키기 위해선, 그랜드 마스터 프레드릭의 도움 없이 헤스자 유적을 돌파했다는 이슈가 필요했다.

두 번째로, 급속한 성장을 이룬 오를레앙과 카트린느에게 해당 랭크에 맞는 경험을 쾌속으로 쌓을 장소로 헤스자 유적은 최적이었다. 그렇기에 프레드릭의 부재가 필수이기도 했다.

마지막으로, 프레드릭 개인의 성장을 이루기 위해선 유적 탐사보단 개인적으로 수련할 시간이 필요했다. 이미 실전 경험 자체는 그 어떤 오러 유저보다 많이 쌓은 그에게 유적 탐사는 별 의미가 없다.

"어차피 다른 사람이 한 명 더 오기로 했으니 별 문제는 없을 겁니다."

"다른 사람?"

"헤스자 유적에 도착하면 만나기로 약속했습니다."

3

촛불 하나 켜져 있지 않는 방 안은 커튼까지 쳐져 있어서 어두컴컴하기만 했다. 그 방 안에 홀로 있는 케이지는 두 무릎 사이에 얼굴을 파묻고 침대 위에 앉아 있었다.

자신만만한 태도로 보르지아 6세를 알현하던 동생 레이지를 본 다음날부터 케이지는 방 안에 틀어박혀 나오지 않았다. 3일째가 지나자 하녀들이 가지고 온 식사마저 거부할 정도로 그는 타인과의 접촉을 꺼려했다. 그 누구에게도 지금의 망가진 자신을 보이는 게 두려웠다.

술이나 담배를 할 줄 알았다면 아무 생각 없이 쾌락에 취할 수 있을 건만, 그것조차 케이지에겐 불가능했다. 그저 어두운 방 안에서 홀로 머무는 것밖에 할 수 없었다.

'이러고 있을 때가 아니야. 베릭쿠스가 활동을 시작한 이상, 이렇게 망가진 채로 시간을 보낼 수는 없어.'

케이지는 고개를 들어 올리더니 침대 위에서 내려왔다. 그리고 벽에 기대어 있는 검에 손을 천천히 가져갔다.

하지만 검자루에 손이 닿기 직전, 부들부들 떨고 있는 오른손을 바라보고서 뒤로 물러섰다. 그날 이후 검을 쥐기는커녕 허리에 차고 다니는 것조차 불가능해졌다. 이제까지 실패라는 단어를 단 한 번도 겪지 못했던 그에게 지난 사건은 쉽게 지울 수 있는 충격이 아니었다.

"……!"

열린 문틈 사이로 빛이 방 안으로 들어왔다. 케이지는 신경질적인 반응을 보이며 도로 닫으라고 손짓했다. 하지만 문은 닫히기는커녕 활짝 열려 버렸다.

"내 허락 없이 들어오지 말라고 하지 않……."

하녀일 거라 생각한 케이지는 날이 선 목소리로 짜증을 부렸다. 하지만 자신을 향해 걸어오는 남자를 보고선 입을 멍하니 벌렸다.

"프레드릭 경?"

"몸은 괜찮으십니까?"

프레드릭의 질문에 케이지는 그저 입을 벌리고서 아무런 대답도 하지 못했다. 한때나마 이 남자를 이기지는 못해도 대등하게 싸울 수 있을 거라는 오만함에 빠졌던 과거를 떠올리자 얼굴이 붉게 달아올랐다.

"거울을 보십시오."

프레드릭의 말에 케이지는 자신도 모르게 벽에 걸린 거울 쪽으로 얼굴을 돌렸다.

마구 헝클어진 머리, 제대로 자지 못해 눈 아래에 자리 잡은 다크 서클, 그리고 다듬지 않아 제멋대로 삐죽삐죽 자라난

수염은 폐인을 연상케 했다.

"이대로 허송세월할 생각입니까?"

"……."

"그 누구든 좌절과 실패를 겪게 마련입니다. 단지 일찍 오느냐 늦게 들이닥치느냐의 차이가 있을 뿐이죠."

당연하면서 원론적인 프레드릭의 말에 케이지는 고개를 숙였다. 단 한마디도 반박할 수 없었다. 그렇다고 지금껏 그를 지배하는 어두운 감정이 사라진 건 결코 아니었다.

'역시 그 녀석의 예상대로군.'

보르지아 6세를 알현하고 저택으로 돌아오는 마차 안에서 레이지는 프레드릭에게 짧고 간단한 부탁을 했다.

"내 형 케이지는 분명히 망가질 대로 망가진 상태임이 분명해. 이제까지 성장가도만 달리던 인간일수록 첫 절망에서 쉽게 헤어나오지 못하는 법이지. 지금 너에게 귀찮은 걸 떠맡기는 기분이지만……."

프레드릭은 레이지의 부탁을 떠올리며 케이지의 앞으로 성큼 걸어갔다. 그리고 오러를 담은 오른손 주먹으로 케이지의 복부를 가격했다.

"커헉!"

케이지는 강력한 충격에 숨이 막히더니 이내 기절해 버리고 말았다. 프레드릭은 케이지를 붙잡더니 왼쪽 어깨에 걸쳤다.

문 앞에는 노년의 집사 페리슨, 그리고 크루제이커와 케인즈가 서 있었다.

"도련님을 잘 부탁드립니다, 프레드릭 경."

페리슨의 당부에 프레드릭은 고개를 살짝 끄덕거렸다.

"아아, 저도 마음 같아서는 프레드릭 경과 같이 가고 싶지만! 지금으로선 배웅할 수밖에 없는 입장이 안타깝기 그지없습니다."

크루제이커의 아쉬워하는 표정에 프레드릭의 입가에 미소가 살짝 자리 잡았다.

"제 못난 아들들이 프레드릭 경에게 신세만 지는군요. 부끄럽습니다."

"아닙니다."

그 말을 끝으로 프레드릭은 복도를 걸어 계단을 통해 아래층으로 내려갔다. 그리고 정문 밖으로 나간 뒤 미리 대기해 놓은 마차 안으로 들어갔다.

4

레이지 일행이 크로이덴가의 저택을 떠난 지도 어느덧 열흘이 지났다.

오를레앙의 전용 마차 콜드란세의 빠른 속도 덕분에 그들은 예정보다 일찍 헤스자 유적이 위치한 베르시아 교황령 중부에 도착할 수 있었다. 마법으로 콜드란세를 숨긴 뒤 숲을 통해 동쪽으로 반나절 가까이 이동하자, 거대한 높이의 헤스자 유적이 시야에 들어왔다.

레이지는 수풀 속에 몸을 감추고 망원경으로 멀리 떨어진 유적 입구 쪽을 바라봤다.

"흐음… 오우거가 15마리에 트롤이 12마리, 그리고 다른 몬스터들까지 합하면 42마리로군요."

헤스자 유적의 이름값에 이끌려 어설프게 유적 안으로 들어갔다가 튀어 나온 몬스터들에 놀라 도망치는 얼치기 모험가들이나 도적들이 적지 않았다. 유적 안에서 소환된 몬스터들이 허겁지겁 도망치는 인간들을 따라 입구 밖으로 나온 뒤아예 머무르는 경우 역시 드물지 않았다.

"헉…… 예전 여기로 구경 왔을 때엔 고블린 몇 마리 정도였는데 왜 이렇게 많아진 거죠?"

레이지에게 망원경을 건네받은 오를레앙은 입을 쩍 하니벌리면서 놀람을 감추지 못했다.

"그래도 이렇게 많은 경우는 처음인데, 누군가가 여러 번

들쑤시다가 도망쳤나?'

"그 누군가가 대충 누구인지 알겠습니다."

레이지의 머리에서 딱 떠오르는 이름이 하나 있었다.

'칸나 그년이 먼저 왔겠군. 뭐, 예상 못한 건 아니야.'

레이지에 대한 소문이 카르도니아 왕국에 안 퍼졌을 리 없다. 그런 상황에서 칸나가 택할 길은 뻔하다. 그녀 입장에서 '가짜 제자' 일 수밖에 없는 레이지가 먼저 헤스자 유적에 도착하기 전에 선수를 쳐서 비밀 연구소에 도착하고, 제이워드의 마나를 회수하는 일이다.

"아무래도 누가 먼저 선수 친 거 아닙니까?"

"그럴 가능성도 크죠. 우선 저 몬스터들을 후딱 정리하고 들어가야겠습니다."

레이지는 길레터 왕국에 머물면서 남은 비밀 연구소가 자리 잡은 유적들에 대한 정보를 입수했다.

그 결과 안타까운 사실을 하나 접했다. 자신의 옛 마나가 보관된 고르올라 동굴을 이미 칸나가 선수 쳤다는 기분 나쁜 보고였다.

'헤스자 유적은 구조 자체는 극히 단순하지만, 예전에 쳐 놓은 마나 장벽이 5층마다 입구를 막고 있으니 쉽게 올라가긴 힘들 거야. 나야 당시 발견한 묘수를 이용하면 되고.'

"자, 다들 준비되었습니까?"

레이지의 말에 오를레앙과 쉐스, 그리고 카트린느가 동시에 고개를 끄덕거렸다.

"흐음?"

수풀 밖으로 나오려는 찰나, 레이지는 자세를 도로 낮추면서 몸을 숨겼다. 강력한 마나의 기운이 근처에서 감지되었기 때문이다. 쉐스 역시 그걸 알아채고 일어서려다가 도로 앉았다.

"아, 살짝 까먹고 있었군요."

"네?"

"저기를 보십시오."

레이지가 가리킨 방향으로 모두의 시선이 집중되었다. 몬스터가 밀집된 입구로부터 200미터 정도 떨어진 땅바닥에 보라색의 마법진이 형성되었다.

"아무래도 미리 도착해 있었던 것 같습니다. 있다가 한 소리 듣겠는데요?"

"그렇다면!"

마법진 위로 빛이 뿜어져 나오더니, 두 명의 여성이 그 위에 천천히 내려왔다. 몬스터들이 둘의 낌새를 알아채고 일제히 달려들었지만 거대한 마나의 장벽에 밀려 후퇴했다.

"페 바스(바람이여, 휘몰아쳐라)!"

둘 중 금발의 여성이 마법의 마지막 주문을 외치자, 거센 바람이 그녀를 중심으로 휘몰아치더니 바람으로 형성된 거대한 드래곤이 하늘 위에 모습을 나타냈다.

'저건 분명히… 듀얼 캐스팅인데? 어느새 엘레노어의 특기를 습득한 거지?'

레이지는 감탄하면서 고위 마법 윈드 와이번의 위력을 지켜보았다. 40여 마리의 몬스터가 날카로운 바람의 칼날에 찢겨 나가 시체가 되었고, 마지막으로 거센 브레스에 휘말리자 산산조각 나버렸다.

"휴우……."

마법이 끝나자 그녀는 한숨을 내쉬면서 손등으로 이마의 땀을 훔쳐 냈다. 그리고 뒤를 돌아보더니 수풀 밖으로 나와 모습을 드러낸 레이지와 눈이 마주쳤다.

"오래간만입니다, 마리에타."

"레이지!"

5

마리에타는 레이지를 향해 달려가더니 몸을 날려 그의 품에 안겼다. 레이지의 가슴에 얼굴을 기댄 그녀의 눈에서 눈물이 흘러내렸다.

"정말로… 보고… 싶었…… 크흑!"

그녀는 감격에 겨운 나머지 울먹거리며 말을 제대로 잇지 못했다. 대신 레이지의 등을 강하게 움켜쥐며 다시는 놓지 않겠다는 의지를 표력했다.

"비켜."

"꺄악!"

순간 마리에타의 몸이 레이지로부터 떨어지더니 뒤로 훅 날아가 버렸다. 그리고 눈 깜짝할 사이에 마리에타 대신 엘레노어가 레이지의 품에 안겨 있었다.

"스승이 눈앞에서 빤히 보고 있는데 먼저 선수를 쳐?"

엘레노어는 특유의 앙칼진 목소리를 내뱉으며 주저앉아 있는 마리에타를 쏘아보았다. 그리고 레이지를 바라보며 언제 그랬냐는 듯 화사하게 미소를 지었다.

"제이워드, 키스는?"

"난 그런 거 안 한다는 걸 잘 알잖아?"

레이지는 품에 안겨 있는 엘레노어에게 키스 대신 오른손을 내밀어 그녀의 뺨을 살며시 쓰다듬었다.

"마리에타님!"

카트린느는 마리에타를 향해 뛰쳐가더니 그녀를 껴안았다.

"그동안 별일 없으셨죠?"

"네, 카트린느님이야말로 무사해서 다행이에요."

두 여성이 서로의 안부를 묻는 사이 쉐스와 오를레앙이 수
풀 속에서 모습을 드러냈다.

"오오옷!"

오를레앙은 먼지바람을 일으키며 질풍 같이 빠른 속도로
마리에타를 향해 달려갔다. 그리고 품에서 장미를 꺼내 마리
에타를 향해 내밀었다.

"못 뵌 사이 더욱 아름다워지셨군요."

"전하의 장미, 오래간만에 받아보는군요."

"특히 노출의 미학에 눈을 뜨신 것 같아 전 정말로 행복합
니다."

오른쪽 무릎을 꿇고서 앉아 있는 오를레앙의 시선이 자신
의 가슴을 향하고 있음을 안 마리에타는 황급히 두 손으로 가
슴 사이 트인 부분을 가렸다.

"아, 이… 이건 저 여자가 입으라고 해서……."

"저 여자?"

엘레노어의 날카로운 목소리에 마리에타는 움찔하며 뒤로
슬그머니 물러섰다.

"좀 쓸 만하다고 칭찬 좀 했더니 막 나가는구나. 다시 처음
부터 교육시켜 줄까?"

"아, 아니에요."

"뭐, 오늘은 제이워드를 봤으니 관대하게 넘어가겠어."

엘레노어는 옆으로 몸을 돌리더니 레이지의 오른팔에 매달려 싱긋 미소를 지었다.

"엘레노어, 저 옷 예전에 네가 만들다 만 그 옷 아니야?"

"어머, 역시 넌 단번에 알아채네. 내가 입었으면 더 섹시했을 거야. 안 그래?"

예전 엘레노어는 제이워드에게 어떤 취향의 의복을 좋아하냐고 물어본 적이 있었다. 딱히 취향 같은 건 없었던 터라 은근히 노출되는 복장 정도가 좋지 않겠냐며 대충 얼버무린 적이 있었다.

"흐음, 꽤 잘 만들었는데? 마나의 흐름을 더 원활하게 만드는 것 같고 마법에도 잘 버틸 거 같고."

"디자인은?"

"가죽 슈트지만 옆트임이 있어서 움직이는데 힘들지는 않겠군."

"아니, 그런 의미 말고."

레이지와 엘레노어의 대화가 각자 서로 다른 방향으로 전개되는 가운데 마리에타와 카트린느는 그동안 쌓아두었던 이야기를 풀고 있었다.

"어머, 카트린느님의 오러가……."

"눈치채셨나요? 저, 드디어 소드 마스터가 되었답니다. 그런데 마리에타님 역시 강해지셨군요."

"저, 마리에타님? 저도 예전에 비해 늠름해지지 않았습니까? 저하고도 이야기를 좀……."

두 여성의 이야기에 끼어들지 못하고 완전히 무시당한 오를레앙은 축 처진 어깨를 이끌고 나무에 얼굴을 기댔다.

"그동안 평안하셨습니까, 스승님."

쉐스는 오른쪽 무릎을 꿇고서 공손한 자세로 엘레노어의 앞에 앉았다.

"쉐스, 그동안 고생 많았지? 제이워드를 도와줘서 정말로 고마워."

"스승님을 위해서라면 고생도 아닙니다."

"그동안 쌓아둔 이야기가 많지만, 회포는 나중에 풀기로 하자꾸나."

엘레노어는 손가락을 까닥거리며 마리에타를 불렀다. 그리고 쉐스를 일으켜 세운 뒤 헛기침을 했다.

"난 급하게 볼 일이 있어서 이만 가야 해. 마음 같아서는 같이 헤스자 유적에 가고 싶지만, 그건 제이워드의 의도에 안 맞는 거 같으니 그만두기로 하지."

"역시 넌 내 의도를 꿰뚫어보는구나."

"어차피 지금 인원과 실력이라면 최상층에서 뻗을 리 없겠지, 안 그래?"

레이지를 향해 윙크한 엘레노어는 허리에 차고 있던 무언가를 풀어 쉐스에게 건네주었다.

"자, 완벽하게 제련이 끝난 '제리온'이다."

"감사합니다."

"앞으로 네 수준의 마법으론 힘든 상대가 많이 나타날지도 모른다. 그거라면 나름 도움이 될 거다. 봉술은 입교하면서 익히는 필수과목이니 아직도 능숙하겠지?"

"물론입니다."

쉐스는 제리온이라 명명된, 두꺼우면서도 손바닥 길이만 한 막대를 오른손에 쥐어보더니 살며시 웃었다.

"제이워드, 이 애송이를 그럭저럭 쓸 만하게 다듬었으니까 잘 활용해 봐. 그렇다고 너무 치켜세워 주진 말고. 진짜 제대로 된 역할을 하려면 아직도 멀었어."

애송이라는 단어에 마리에타의 표정이 살짝 일그러졌다. 하지만 레이지와 다시 함께할 수 있다는 것에 만족하기로 했다.

"정말 고마워."

"우리 사이에 고맙다는 말은 어색하잖아? 당연한 거지."

엘레노어는 어깨를 으쓱거리더니 레이지의 품에 안겼다.

"절대 죽지 말아줘."

"날 누구라고 생각하는 거야?"

"그래, 불멸의 대마법사 제이워드지."

엘레노어는 아쉬워하는 표정으로 제이워드의 가슴에 기대었던 얼굴을 뗐다. 그리고 처음 공간 이동 마법진이 나타난 자리로 걸어갔다. 엘레노어의 마나에 반응한 마법진이 보라색 빛을 내면서 회전하기 시작했다.

"아, 그리고……."

엘레노어는 뭔가를 떠올리며 입을 열었다가 도로 다물었다.

'아직 불분명한 사실을 괜히 말해서 녀석의 심기를 어지럽힐 필요는 없어.'

그녀는 거의 나올 뻔한 말을 도로 삼키며 레이지를 바라보았다. 그리고 마법이 완성되는 순간 손을 흔들면서 작별인사를 했다. 엘레노어의 모습이 사라지자 레이지는 그녀의 뺨을 어루만졌던 오른손을 바라보며 쓴웃음을 지었다.

"그러면 몬스터들도 완전히 정리되었으니……."

헤스자 유적 안으로 들어가는 일밖에 남지 않았다.

레이지가 입구 쪽으로 걸어가자 나머지 일행들이 그를 뒤따라갔다.

Chapter 47

고생은 네가, 열매는 내가

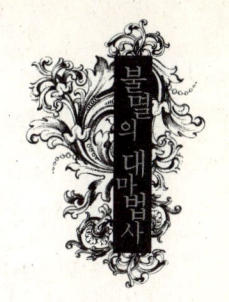

1

    총 15층으로 구성된 헤스자 유적은 정사각형의 탑 형태를 이루고 있다. 각 층의 바닥은 가로와 세로 모두 400미터 정도로, 입구와 출구는 각각 왼쪽 하단 모서리와 오른쪽 하단 모서리에 자리 잡고 있다.

    각 층을 잇고 있는 계단은 나선형으로 유적 바깥을 휘감고 있으며 강렬한 바람이 휘몰아치고 있어서 자칫 잘못하면 아래로 떨어지기 일쑤다.

    각 층을 수호하고 있는 몬스터들은 유적 지하에 묻혀 있는 마나 스톤에 의해 소환되고, 해치운다 하여도 일정 시간이 지나면 다시 소환되어 자리를 지킨다. 특히 몇몇 층은 벽 속에 특수한 소재가 포함되어 매직 유저의 힘을 약화시킨다.

아크메이지였을 때의 제이워드는 이곳을 홀로 돌파하는 데 꼬박 일주일이라는 시간을 소모했다. 순수한 매직 유저였던 터라 헤스자 유적의 특성상 고전을 면키 힘들었다. 그때의 경험을 되살려 레이지는 동료들과 함께 또 한 번 헤스자 유적의 최상층에 도전하기로 마음먹었다.

2

"아르젠트여!"

오를레앙의 외침에 1층 정중앙에 원 모양의 커다란 빛이 바닥에서 천장을 향해 뿜어져 올랐다. 순식간에 다섯 마리의 코볼트가 괴악한 비명을 지르면서 서서히 분해되어 버렸다.

그의 뒤에 선 카트린느가 오른쪽 무릎을 살짝 굽힌 채 앞으로 몸을 내밀고서 호흡을 골랐다. 카트린느의 앞에 선 거대한 오우거의 그림자가 그녀를 뒤덮었음에도 도는 칼집 안에 꽂힌 상태였다.

쉬익!

순간 칼집에서 뽑힌 도가 오른쪽으로 크게 휘두른 그녀의 오른손에 쥐어져 있었다. 그와 동시에 거대한 오우거의 허리에 붉은 직선이 그어져 있었고, 그 선을 따라 선 윗부분의 육체가 옆으로 서서히 미끄러져 내려갔다. 오우거를 뚫고 지나간 충격파가 뒤따라오던 오우거들마저 반 토막 내버렸다.

그녀는 다시 한 번 도를 칼집에 집어넣고 전과 똑같은 자세를 취했다. 단, 칼집의 끝부분이 좀 더 아래쪽으로 내려갔다.

"쿼에엑!"

거대한 덩치의 트롤이 세로 방향으로 정확히 반 토막 나더니 피를 뿌리며 각각 양쪽으로 쓰러졌다. 그것을 본 레이지는 급히 주문을 외우더니 갈라진 트롤에게 화염구를 발사했다. 도로 달라붙던 트롤이 불에 휩싸이면서 재생 능력을 발휘하지 못하고 서서히 죽어갔다.

"모두 엎드리세요!"

마리에타의 외침에 모두 동작을 멈추고 대리석 바닥에 엎드렸다. 그녀는 오른손 검지와 중지를 붙이고서 좌에서 우로 크게 휘둘렀다. 그러자 날카로운 바람의 칼날이 부채꼴 모양으로 발사되어 몬스터들의 허리와 다리를 통째로 베어버렸다.

"이제 끝인가?"

엉겁결에 몬스터들의 피에 흠뻑 젖어버린 오를레앙은 몸을 일으키며 주변을 둘러보았다. 레이지 일행을 제외하고는 소환되었던 수십여 마리의 몬스터가 피투성이가 된 채 나뒹

굴고 있었다. 물론 일행들 역시 아까 그 마법 때문에 몬스터들의 피를 뒤집어써야 했지만.

"마리에타, 아까 마법은 매우 위력적이었습니다. 역시 서클이 올라간 값을 톡톡히 하는군요."

"그래요?"

매번 엘레노어에게 구박만 받았던 터라 레이지의 칭찬이 그 어느 때보다 기쁜 마리에타였다.

"하지만 동료들도 생각하는 게 좋지 않을까요? 이거 원 피비린내가……. 아니, 그 전에 피 때문에 시야가 막힐 수 있으니 위험할 수도 있는 상황이었습니다."

하지만 뒤이어 이어진 레이지의 지적에 그녀는 주춤거리더니 고개를 떨구었다. 레이지는 마리에타의 어깨를 살짝 도닥여 준 뒤 카트린느를 응시했다.

"그것보다 카트린느님의 그 기술, 참으로 특이하더군요. 거합술(居合術)이라고 부르는 그것 맞습니까?"

레이지의 물음에 카트린느는 의외라는 듯 깜짝 놀랐다.

"거합술에 대해서 아시나요?"

"예전 동료 중 한 명이 쓰는 걸 본 적이 있습니다. 하도 신기해서 어떤 방식으로 구현되는지 물어봤는데 랭크 5 이상이 아니면 위력이 제대로 안 난다는 대답밖에 못 들었던 기억이 나더군요."

"잘 알고 계시네요. 사실 이전부터 익혔지만 랭크가 낮아서 봉인하고 있었는데… 지난번 습격이 고맙다고 말하면 이상할까요?"

카트린느는 기쁜 나머지 얼굴에 만연한 미소를 감추지 못했다. 그러나 이내 원래의 무표정한 얼굴로 돌아가더니 마리에타 옆으로 가 그녀를 위로해 주었다.

"넌 어땠냐?"

"계속 마나의 장벽만 연사하느라 아무런 느낌이 없습니다."

쉐스는 퉁명스럽게 대답하며 얼굴을 살짝 찡그렸다. 스승에게 건네받은 봉 '제리온'을 써보려고 했지만 일행의 보호에 치중해야 했던 터라 불만이 가득했다.

"여러분, 전 잠시 찾을 게 있으니 묻은 피나 닦으며 쉬고 계십시오."

레이지는 북쪽 벽으로 다가가더니 두 손을 펼쳐 손을 대고 마나를 불어넣었다.

'좀 더 왼쪽이었던가? 아니야, 오른쪽으로 가서 좀 더 위에……'

예전의 기억을 되살리며 손의 위치를 옮기던 중, 오른손에 닿은 벽돌이 붉은색 빛을 뿜어내기 시작했다. 레이지는 붉은색 벽돌 위에 오른손을 고정시킨 채, 벽에 갖다댄 왼손으로

원을 크게 그렸다.

'여기였군.'

이번에는 파란색 빛이 왼손 끝에 걸린 벽돌에서 뿜어져 나왔다. 그리고 서로 다른 색의 빛이 가까워지며 하나로 겹쳐졌고, 그곳에 있던 벽돌들이 아래에서 위로 하나씩 회전하더니 정사각형 모양의 백금판으로 바뀌었다. 이 유적을 최상층까지 올라간 자만이 발견할 수 있는 비밀 통로의 입구였다.

'호오, 역시 들어와 있었군. 칸나인지 아닌지는 확신할 수 없지만……'

레이지는 백금판 위로 떠오르는 룬 문자를 읽으며 현재 헤스자 유적의 상황을 파악할 수 있었다.

'10층까지 갔네? 내가 너무 얕본 건가?'

헤스자 유적의 경우 5층과 10층, 그리고 최상층인 15층에 막강한 몬스터가 출현한다. 10층에 도착했다는 이야기는 5층의 난관을 통과했다는 이야기이다. 그럼에도 레이지는 서두르는 기색조차 보이지 않았다.

"자, 이쪽으로 오십시오."

레이지가 손짓하자 나머지 일행들은 의아하다는 반응을 보이며 그의 뒤에 섰다. 그들은 벽 속에 숨겨져 있던 백금판을 바라보며 신기한 표정을 지었다.

"레이지, 그런데 2층으로 향하는 출구는 여기가 아니라 저

기잖아요?"

레이지는 대답 대신 손가락을 튕겨 소리를 냈다. 그러자 백금판 앞에 모여 있던 모두를 둘러싸는 거대한 마법진이 바닥에 모습을 드러냈다.

"어?"

"이, 이건 뭐죠?"

일행들이 모두 어리둥절해하는 사이 옅은 빛이 마법진 위로 천천히 피어오르기 시작했다. 그리고 빛의 입자가 공중에 떠서 레이지와 마리에타, 쉐스의 주변을 천천히 감돌았다.

"헤스자 유적의 각 층으로 연결된 마법진 중 하나입니다. 여길 통한다면 원하는 층으로 갈 수 있습니다. 물론 이걸 발견하기 위해선 미리 최상층까지 가봐야 하지만요."

다른 누군가가 이미 들어왔음에도 여유를 부리는 이유가 그거였다. 어차피 최상층의 비밀 연구소만 가도 되는 레이지로선 굳이 한 층씩 성실하게 올라갈 이유가 없었다.

"단, 이 마법진을 발동시키기 위해서는 상당한 양의 마나와 반응시켜야 합니다."

"마나가 빠져나가는 느낌은 들지 않는데요?"

"말 그대로 반응만 시키면 됩니다. 어차피 이걸 구동시키는 건 유적 지하의 마나 스톤이니까요."

레이지는 백금판 위에 손가락을 가져가 옆으로 슥 그었다.

그러자 새로운 룬 문자가 위로 떠오르면서 마법진 안의 빛의 입자들이 반짝거리며 주변의 마나를 모으기 시작했다.

"그러면 곧장 15층까지 가는 것도 가능합니까?"

"물론이지요."

"이거, 왠지 좀 허탈한데요? 이제야 몸이 좀 풀리는가 싶더니만 곧바로 목적지까지 도달이라니……."

유달리 유적 탐사에 대해 '꿈'을 지니고 있는 오를레앙은 아쉬움을 감추지 못했다.

"아닙니다. 도중에 들를 곳이 있습니다."

"네?"

"쥐새끼가 들어왔으니 조금은 손 봐줘야 하지 않을까요?"

레이지가 백금판에서 손을 떼자, 마법진 위에서 뿜어져 나오던 빛줄기가 두꺼워지며 일행을 휘감았다. 그리고 빛과 함께 그들의 모습이 온데간데없이 사라졌다.

3

"하아앗!"

검에서 뿜어져 나온 오러가 직선 형태로 발사되어 공기를 갈랐다. 그의 앞을 가로막고 있던 거대한 몬스터, 스켈레톤 로드(Skeleton Lord)의 왼쪽 어깨가 박살 나더니 하얀 뼛조각이 아래로 후두둑 떨어졌다.

5미터가 넘는 키에, 오직 뼈로만 구성된 언데드 몬스터 스켈레톤 로드의 정면을 가로막고 있는 이는 랭크 6의 소드 마스터 퓨리언이었다. 그를 포함해 총 여섯 명의 오러 유저가 검을 빼 들었지만, 소드 마스터급의 오러를 지닌 스켈레톤 로드에게 가장 적극적으로 달려들 수 있는 이는 그 혼자뿐이었다.

"자자, 너무 긴장하지 말라고. 그렇다고 너무 설치지도 말고. 아까 말한 대로 다른 놈들이 나에게 귀찮게 달라붙지 않도록 각각 역할만 해달라고. 알겠지?"

"네!"

"알겠습니다!"

퓨리언의 여유 넘치는 말과 달리 부하들의 대답은 우렁찼다. 대륙 전쟁 당시 30대의 젊은 나이임에도 제국을 공포에 떨게 만들었던 검사인 그와 함께한다는 것만으로도 그들은 긴장하지 않을 수 없었다.

쿠오오오오!

스켈레톤 로드가 양팔을 크게 펼치더니 괴이한 울음소리를 울부짖었다. 소리를 듣는 이들 모두를 공포에 빠지게 만드는 워크라이(War cry)에 많은 이들이 머리를 감싸쥐더니 주저앉고 말았다.

"칸나님!"

워크라이를 버텨낸 퓨리언은 칸나를 향해 고개를 돌렸다. 그녀의 입은 쉬지 않고 룬 문자를 읊고 있었고, 곧이어 마법진이 그녀의 주변에 떠오르며 마법의 완성을 알렸다.

"……라 바스!"

그녀의 머리 위로 화염에 휩싸인 드래곤이 모습을 드러냈다. 뜨거운 불길이 드래곤의 크게 벌어진 입에서 뿜어져 나와 스켈레톤 로드의 거대한 몸집을 뒤덮었다.

문제는 그저 마법을 쓰는 데 급급해 스켈레톤 로드 앞에 서 있던 기사들까지 휘말려 버렸다. 두려움에 벌벌 떨던 기사들은 자신의 오러를 꿰뚫으며 피부에 와 닿는 불길에 화들짝 놀랐다. 그들은 뜨거움을 이기지 못하고 쓰러져 마구 뒹굴었다. 유일하게 마법을 견뎌낸 퓨리언은 노골적으로 얼굴을 찡그렸다.

'저렇게 강한 마법만 펑펑 쓰지 말라고! 주변도 살펴보고 그래야지!'

무엇보다 플레임 드래곤 주문이 끝나자, 스켈레톤 로드는 언제 불길에 휩싸였냐는 듯 크게 포효하며 오른손에 쥔 검을 높이 들어 올렸다. 3미터를 훌쩍 넘는 거대한 검신이 퓨리언의 머리를 노리고 수직으로 내려쬤었다.

쿵!

다행히도 퓨리언은 잽싸게 옆으로 피한 뒤 검을 양손으로 쥐고 높이 뛰어 올랐다. 대각선으로 크게 휘두른 검에서 오러가 뿜어나오며 충격파와 함께 날았지만, 스켈레톤 로드가 내민 라운드 쉴드에 막혀 아무런 타격도 입히지 못했다.

'플레임 드래곤을 맞았다면 팔이나 다리 정도는 녹아내려야 정상일 텐데…… 이 여자, 진짜 대마법사 제이워드의 제자가 맞긴 한 거야? 서클은 6이나 되는 주제에 상황 판단이나 그런 건 왠지 메이지급도 안 되는 느낌이야. 마법의 위력도 영 시원찮고. 혼자 싸우는 게 훨씬 효율적이겠어.'

전투 그 자체를 즐기는 성격의 퓨리언은 웬만한 일이 아니면 얼굴의 웃음을 지우지 않았다. 하지만 5층부터 그의 입술 왼쪽은 계속 일그러져 있었다.

칸나는 소모된 마력을 보충하기 위해 함께 온 마법사 중 한 명을 붙들고 드레인을 시전 중이었다. 퓨리언이 그런 것처럼 칸나 역시 그녀 나름대로 퓨리언에 대해 불만이 가득했다.

'왜 베른 그 인간이 직접 오지 않고 이만 놈을 보내준 거야! 그랜드 마스터가 아니니 고생만 죽어라 하고 있잖아!'

나르디안과 베른은 '베릭쿠스'의 핵심 멤버라는 게 알려졌기에 아직 공식적으로 소속 여부가 안 알려진 퓨리언이 대신 참여할 수밖에 없었다. 또 한 명의 그랜드 마스터인 마키스는 벨라와 함께 다른 임무를 수행 중이었기에 참여가 불가능했다.

'이러다가 여기에서 전멸하는 건 아니겠지?'

처음 헤스자 유적에 진입했을 때의 인원은 총 서른 명이었다. 그중 10층까지 온 인원은 칸나를 포함해 열 명으로 확 줄어버렸다. 결국 그녀는 남은 인원 중 두 명을 도로 유적 밖으로 내보낸 뒤 지원 병력이 오기만을 기다렸다.

'이젠 지긋지긋해! 벌써 보름이 넘었어! 언제 최상층에 도달할 수 있는 거지?'

벌써 열 명이 죽었고, 나머지 열 명은 줄행랑을 쳤다. 퓨리언은 점점 노골적으로 칸나에게 반감을 표하고 있었고, 그의 부하들 역시 칸나를 영 마땅찮은 시선으로 봤다.

"에잇! 다음 녀석!"

그녀는 상당량의 마나를 흡수당해 비틀거리는 부하를 옆으로 밀치고, 다른 부하의 팔을 붙들고 드레인을 계속 시전했다. 유적에 들어올 때 한가득 가지고 왔던 마나 회복 포션은 이미 다 마신 지 오래여서 이런 식으로밖에 마나 회복이 불가능했다.

그 와중에 퓨리언은 거의 홀로 스켈레톤 로드를 상대하며 시간을 끌고 있었다. 그의 부하들 역시 공격에 가담했지만, 그들의 오러 수준으로 스켈레톤 로드에 제대로 된 타격을 입히기엔 역부족이었다.

"모두 물러서!"

검을 머리 위로 치켜들고 공격하려던 퓨리언이 돌연 동작을 멈추고 크게 소리쳤다. 스켈레톤 로드를 중심으로 거대한 검은색의 원이 바닥 위에 깔렸다. 미처 도망가지 못한 부하두 명이 검은 원에 휘말리더니 밑에서 솟아나온 무수한 팔들에 붙들려 원 아래로 끌려갔다.

"으아아악!"

"사, 살려주십시오!"

그들은 외마디 비명을 질렀지만, 미처 구출하기도 전에 모습을 감추었다. 어느새 박살 났던 스켈레톤 로드의 어깨가 원래대로 복구되었고, 검은 원 위로 몬스터들이 꾸물꾸물 모습을 드러내자 모두의 표정이 일순간 경직되었다.

"저, 저것들은 뭐지?"

칸나는 노골적으로 혐오감을 드러내며 뒤로 슬금슬금 물러섰다. 살점이 녹아내리거나 썩어서 흐물거리는 장면을 보는 것만으로도 구역질을 느꼈다.

"구울에 좀비에 스켈레톤까지……! 이것들 다 처리하려면꽤 귀찮은데……."

퓨리언은 살짝 긴장한 얼굴로 검을 고쳐 쥐었다.

죽은 이후 영혼이 떠난 몬스터나 인간의 육체로 제작되는 언데드, 구울과 좀비는 움직임 자체는 느리지만 고통을 느끼지 못하고 오직 전진만 하기에 처리하기 제법 골치가 아프다. 특히 뼈로만 구성된 언데드 스켈레톤은 재빠른 움직임에 무기도 능숙하게 사용한다.

가장 무서운 점은 완전히 산산조각 내지 않는 이상 쓰러뜨렸다 하여도 다시 살아난다는 사실이다. 구울과 좀비의 경우 물리거나 접촉하기만 해도 중독되거나 저주에 걸리곤 한다.

'이놈들이야 어떻게 내가 처리할 수 있다고 쳐도, 그 사이 스켈레톤 로드의 시선을 누가 붙잡아놓을지가 문제야.'

퓨리언은 혹시나 하는 기대에 뒤를 돌아보았지만, 겁에 질려 벌벌 떨고 있는 칸나를 보고 한숨을 내쉬었다. 대마법사 제이워드의 제자라는 명성과는 달리, 몇 번 마법을 구사한 뒤 빌빌거리는 패턴을 반복하는 그녀가 거추장스럽기만 했다.

바로 그때, 스켈레톤 로드 뒤쪽 벽에서 마법진이 떠올랐다. 칸나는 그토록 고대하던 지원 병력이 왔다고 직감하고 기뻐했지만 그 기쁨은 오래가지 못했다.

4

"왜 이제 온 거냐! 보고 있지만 말고 저 괴물을 처치해라!"

유적 내에 설치된 공간 이동 마법진을 통해 나타난 레이지 일행을 향해 칸나는 크게 소리쳤다.

'호오, 스켈레톤 로드인가. 그럭저럭 상대할 만하겠는 걸?'

예전 제이워드였을 당시 혼자서 해치운 적이 있는 몬스터였다. 그리고 지금 다른 동료들과 함께라면 무난히 이길 수 있다고 판단되었다.

"뭣들 하느냐! 빨리 퓨리언 경을 도와드리지 않고!"

칸나가 거듭해서 고함을 지르자 레이지는 뭔가 이상하다는 듯 고개를 갸웃거렸다.

'역시 칸나였군. 그런데 어… 날 몰라보나? 지난번에 봤잖아?'

칸나는 서클 6이 된 이후 갑작스레 유명해진 수많은 사람들을 만난 터라 레이지의 얼굴은 뇌리에 희미하게 남아 있을 뿐이었다. 그에 반해 레이지는 제이워드 시절 칸나의 얼굴이야 지겹게 본 터이고 그녀가 비밀 연구소의 지도까지 훔쳐 갔으니 잊으려야 잊을 수 없는 입장이었다.

수십여 마리의 언데드 몬스터에 둘러싸인 퓨리언은 갑자기 나타난 레이지 일행을 보고 눈을 가늘게 떴다.

'지원 병력이라고 보기엔 너무 강한데? 저 느끼해 보이는 청년은 랭크만 놓고 보면 나와 동급이고, 묘하게 야릇한 이미지의 저 소녀는… 서클이 6?'

그것뿐만이 아니었다. 레이지와 쉐스로부터는 서로 공존

하기 힘든 두 개의 힘이 각각 느껴졌다.

"레이지님, 어떻게 할까요?"

오를레앙의 질문에 레이지는 잠시 생각에 잠겼다. 그의 시선은 칸나가 아닌 퓨리언을 향하고 있었다.

'내 기억이 틀리지 않는다면 저 남자는 퓨리언 경이 맞을 거야. 페이더스 왕국이 멸망한 이후 모습을 감추었다고 들었는데… 칸나 저년과 함께 있는 이상 어느 쪽인지는 대충 짐작이 가는군.'

제이워드 시절, 몇 번이나 직접 찾아가며 돌격부대의 일원으로 참여해 달라고 설득해 본 적이 있었다. 그만큼 오러 유저로서 퓨리언의 실력은 탁월했으며, 특히 대인전에 특화되어 있기에 그가 있는 이상 칸나를 죽이는 건 더욱 힘들다

'마음 같아서는 스켈레톤 로드와 함께 싸그리 죽이고 싶지만, 보는 눈이 많아서 곤란해. 특히 내가 진짜 제자임을 확실히 인정받지 못한 상황에서 남들이 보는 앞에서 가짜를 타당한 이유 없이 죽이면 결과는 뻔하지.'

그리고 왠지 모르게 칸나를 살려두는 편이 자신에게 이득이 될 거라는 느낌이 들었다. 몬스터들 사이에서 고생하며 유일하게 '제대로' 싸우고 있는 퓨리언과 고함과 짜증만 내는 중인 칸나를 바라보는 시선 덕분에 확신할 수 있었다.

"도와주도록 하죠."

"괜찮겠습니까?"

"나름 생각이 있습니다. 쉐스, 네 녀석이 활약할 때다."

"……알겠습니다."

쉐스는 오른손에 쥐었던 제리온을 도로 허리에 찼다. 그리고 마법서를 집어 들더니 흰색의 표지가 위로 향하게 돌렸다. 그러자 마법서가 빛을 발하면서 성서로 바뀌었다.

쉐스는 성서를 펼치더니 휘리릭 넘겨 원하는 페이지를 찾아내고서 40여 페이지 되는 양을 잡아 뜯었다. 그리고 움켜쥔 페이지의 절반을 앞으로 휙 내던지고 남은 페이지를 옆으로 뿌렸다. 빠른 속도로 날아간 종이들이 각각 가로와 세로 방향으로 바닥에 달라붙으며, 10층의 절반을 차지할 정도의 거대한 십자가 형상을 나타냈다.

'교단의 성직자? 그것도 꽤 높은 클래스임이 분명해!'

퓨리언은 쉐스가 보통 인물이 아님을 알아채고 검은 원 밖으로 물러섰다. 반면 칸나는 자신이 부른 지원 병력에 교단의 인물이 포함될 리 없음을 깨닫고 혼란에 빠졌다.

"베르시아님이시여, 여기 그대가 약속한 천국으로 가지 못한 불행한 사자(死者)들이 떠돌고 있습니다……."

기도문이 이어짐과 동시에 강렬한 빛기둥이 쉐스를 중심으로 위를 향해 뿜어졌다. 빛기둥의 지름이 점점 커지면서 마나의 장벽을 넘어서자, 스켈레톤들의 뼈가 빛에 휘감기더니 입자로 바뀌면서 공기 속으로 흩어져 버렸다.

"……그대의 가호로, 불쌍한 자들을 원래 있어야 할 곳으로 돌려보내 주시옵소서!"

기도문이 완성되자 종이로 형성되었던 십자가 위로 백색의 빛이 뿜어져 나왔다. 강력한 신성력으로 형성된 십자가가 점점 커지면서 어느새 10층 전체를 뒤덮었고, 구울과 좀비들이 녹아내리며 모습을 감추었다.

"……모든 것은 당신의 뜻대로."

쉐스가 성호를 긋자 백색의 빛이 방 안을 가득 메웠다. 강렬한 빛에 고개를 옆으로 돌리고 눈을 감았던 레이지는 빛이 사그라드는 걸 느끼고 도로 눈을 떴다.

스켈레톤 로드를 제외한 모든 언데드들이 성스러운 빛을 이기지 못하고 사라졌다. 홀로 남게 된 스켈레톤 로드는 성스러운 빛에 상당한 타격을 입고 몸을 부들부들 떨고 있었다.

수십여 마리의 언데드 몬스터가 일순간에 사라지자 퓨리언과 칸나의 부하들은 멍하니 쉐스를 바라보고 있었다. 오를레앙의 부축을 받고 간신히 서 있는 그의 얼굴이 성자(聖者)처럼 보였다.

"수고했다. 나머지는 우리들에게 맡겨라."

레이지는 검을 뽑아 들고서 스켈레톤 로드의 등을 향해 달려갔다. 쉐스가 성스러운 빛을 구현하는 동안 이미 세 개의 마법을 준비해 놓은 상태였다. 빠른 속도로 달려가는 그의 주변에 세 개의 마법진이 허공에 떠서 같이 따라오고 있었다.

뒤늦게 레이지를 알아챈 스켈레톤 로드는 아주 천천히 몸을 뒤로 돌리며 방패를 내밀려고 했다. 순간, 레이지의 검에 휘감겨 있던 오러가 마법의 불길에 불타오르며 붉게 빛났다.

콰쾅!

강렬한 폭발음과 함께 방패를 쥐고 있던 스켈레톤 로드의 왼팔이 공중으로 솟구쳤다. 그리고 빙빙 회전하더니 칸나 바로 앞에 떨어졌다. 안색이 새파랗게 질린 그녀는 엉덩방아를 찧더니 일어서지 못했다.

레이지의 그 다음 공격은 바람의 마법과 융합된 오러였다. 깔끔하게 잘려 나간 스켈레톤 로드의 오른팔이 '쿵' 하는 소리와 함께 바닥에 떨어졌다.

공격 수단을 잃어버린 스켈레톤 로드는 오른발을 높이 들어 올리더니 레이지의 머리 위에서 강하게 짓눌렀다. 대리석 바닥 깊숙이 파고든 스켈레톤 로드의 오른발 주변으로 금이 쩍쩍 갔고 먼지가 피어올랐다. 하지만 블링크를 연달아 구사한 레이지는 어느새 스켈레톤 로드의 목 뒤에 매달려 있었다.

'온몸이 오러로 휘감겨 있으니… 이걸 사용해야겠지!'

레이지는 스켈레톤 로드의 거대한 해골 뒤에 두 손을 가져갔다. 그러자 스켈레톤 로드의 몸을 감싸 보호하고 있던 오러가 레이지의 손 안으로 흡수되듯 빨려 들어갔다. 레이지의 얼굴이 확 일그러졌지만, 고통에 굴복하지 않고 상대방의 오러에 자신의 마법을 침식시켰다.

"스켈레톤 로드의 오러가… 마법에?"

퓨리언은 이제까지 단 한 번도 본 적 없는 전투 방식에 눈을 떼지 못했다. 소드 마스터급인 스켈레톤 로드의 오러가 레이지의 마법과 서로 뒤섞이더니 거대한 돌풍으로 변하며 스켈레톤 로드의 전신을 휘감았다. 뒤이어 '위이잉' 하는 소리가 울려 퍼지며 스켈레톤 로드의 두개골이 수백여 조각으로 깎여 나갔다. 돌풍이 계속 휘몰아치며 결국에는 몸통은 물론 두 다리까지 박살 내버렸다.

"스켈레톤 로드를… 저렇게나 쉽게……."

그랜드 마스터가 되지 못했을 뿐, 스스로를 제법 강하다고 평가하는 퓨리언마저 감탄할 정도의 위력이었다.

바닥에 무사히 착지한 레이지의 머리 위로 산산조각 난 스켈레톤 로드의 뼛조각들이 빛을 발하더니 공기 중으로 흩어지며 사라졌다. 대신 허공에 나타난 무언가를 레이지가 잽싸게 낚아채더니 등 뒤로 감추었다.

"이름이 어떻게 되지?"

퓨리언은 긴장한 상태에서 레이지의 이름을 물어보았다.

레이지는 씨익 미소를 지으며 어깨를 으쓱거렸다.

"레이지 크로이덴."

"……!"

계속 주저앉아 있던 칸나가 자리에서 벌떡 일어섰다. 그리고 오른손 검지로 레이지를 가리키며 벌벌 떨기 시작했다.

"그… 그렇다면 저 소년이 설마……."

"그래, 내가 진짜 '그분'의 제자인 레이지 크로이덴이지."

5

자신만만한 태도의 레이지와 달리 칸나는 불안함을 감추지 못하고 동요했다. 이제까지 그녀의 존재 의미 그 자체나 다름없던 '제이워드의 유일한 제자'라는 사실에 이의를 가하는 레이지가 눈앞에 나타났으니…….

"어떻게 여기에 온 거지?"

"어떻게 왔냐고?"

서로 존댓말을 할 이유는 더 이상 없었다. 둘 중 어느 한쪽은 가짜일 수밖에 없고, 나머지 한 쪽은 진짜여야 하는 입장이기에.

"그야 내가 진짜 그분의 제자이니까 그런 거지. 그분의 제자라면 이곳에 어떤 마법적 장치가 숨겨져 있는 것 정도는 훤히 알 거 아냐?"

레이지는 주먹 쥔 왼손의 엄지손가락만 내밀며 뒤를 가리켰다. 처음 나타났을 때 이용했던 공간 이동용 마법진 위에서 여전히 빛이 뿜어져 나오고 있었다.

"난 그분에게 직접 건네받은 지도가 있어!"

"그래? 그런데 그 지도가 여기에서 무슨 소용이지?"

"뭐?"

"까놓고 지도는 그냥 보고 베낄 수 있잖아? 하지만 난 달라. 각 층으로 통하는 비밀 통로는 그분에게 직접 듣지 않는 한 알아낼 수 없으니까."

레이지의 말에 칸나는 혼란에 빠지더니 우물쭈물거리며 뭐가 항변할 말을 찾지 못했다. 퓨리언은 칸나와 레이지를 번갈아가며 쳐다보며 일이 잘못되어 감을 직감했다.

'아무리 봐도 이 여자보단 저 소년이 진짜 제이워드의 제자 같단 말이야?'

그 혼자만의 생각이 아니었다. 퓨리언의 부하들은 물론, 칸나의 부하들마저 의심스러운 눈초리로 칸나를 응시했다.

"무엇보다 난 그분의 옛 동료들에게 직접 인정을 받은 몸이라고. 프레드릭 경은 아쉽게 이 자리에 없지만, 그분과 함께 했던 분의 아드님이 옆에 있거든."

레이지는 손짓으로 오를레앙을 불렀다. 그러자 레이지 옆에 선 오를레앙은 발렌시아 왕가의 문양이 박혀 있는 보검 아르젠트를 수평으로 잡고서 앞으로 내밀었다.

"발렌시아 왕가의 이름을 걸고 맹세하건대, 레이지님은 그
분의 제자가 확실합니다. 이는 제 아버님이시자 발렌시아 왕
국의 왕이시며, 대륙 전쟁 시절 그분과 함께 싸웠던 줄리앙
조르디어스 발렌시아 폐하께서 직접 공인하신 바입니다."

'저거… 발렌시아 왕국 대대로 내려온다는 보검 아르젠트
잖아. 이거, 진짜 저놈이 제자 맞는 거 같은데?'

단번에 아르젠트를 알아본 퓨리언은 땀을 뻘뻘 흘리며 당
황하고 있는 칸나를 마땅찮다는 시선으로 바라보았다.

"아무래도 너 말고는 다들 내가 진짜라고 믿는 거 같은데?
내 말이 틀리나?"

"아니야! 난 그분의 유일한 제자야! 제자라고!"

칸나의 목소리는 거의 울먹이고 있었다.

"퓨리언 경! 왜 그런 눈으로 절 바라보는 거죠? 전 카르도
니아 마법사 협회를 통해 공식적으로 인증받은, 대마법사 제
이워드님의 유일한 제자라고요!"

"아니, 아무리 그렇게 말해도……."

퓨리언은 뒤통수를 긁으며 난처하다는 표정을 지었다. 칸
나는 자신이 진짜라고 믿어달라는 시선으로 주변을 둘러봤지
만, 모두 고개를 옆으로 돌리고 외면할 뿐이었다.

"무엇보다 아까 내가 쓴 트리플 캐스팅을 봤다면, 절대 그

런 말을 못할 텐데? 수제자라 자칭하면서 그분의 특기를 물려받지 못했다는 게 말이 된다고 생각해?"

"……."

칸나는 입을 떡하니 벌리고서 아무런 말도 하지 못했다. 뒤늦게 레이지가 썼던 트리플 캐스팅이 머릿속에서 떠올랐기 때문이다.

'마음 같아서는 이 자리에서 모두 쓸어버리고 싶지만…….'

퓨리언의 실력을 감안한다면 아무런 희생 없이 모두 죽이기엔 불가능하다. 오를레앙과 랭크 자체는 같아도 대륙 전쟁 당시 쌓인 전투 경험을 따진다면 꽤 심각한 타격을 입을 수 있다. 무엇보다 당장 다시 공간 이동용 마법진을 이용하기 위해선, 더 이상 마나를 소모시킬 수 없다.

"마음 같아서는 그분의 제자를 사칭하고, 제멋대로 그분의 비밀 연구소가 설치된 이곳에 온 너를 처리하고 싶지만……."

레이지는 아쉬움을 애써 감추며 검을 검집 안에 집어넣었다.

"네 실력을 보아하니 나보다 먼저 위로 올라갈 걱정은 안 해도 되겠어. 한 번 징하게 고생해 보라고."

레이지는 되돌아서더니 공간 이동용 마법진이 있는 곳으

로 걸어갔다. 그리고 일행을 불러모은 뒤 마법진을 발동시켜 사라져 버렸다.

"내가… 내가 진짜야."

"칸나님?"

"내가 진짜야, 내가 진짜……."

칸나는 두 무릎을 꿇더니 두 손을 대리석 바닥에 대고 같은 말만 중얼거리기 시작했다. 퓨리언은 그녀를 바라보며 고개를 가로저었다.

'틀렸군. 더 이상 올라가지 않는 게 그나마 희생자를 덜 낼 거 같아.'

Chapter 48
뒤엉키기 시작하는 밧줄

1

　크루디아 제국의 부활을 알린 '베릭쿠스'가 활동하기 시작한 지도 어느덧 한 달에 가까워졌다.

　대륙 곳곳에 크루디아란 이름이 되살아나고 있는 반면, 과거의 영광을 상징하는 켈티스 성은 예전처럼 황량하기만 했다. 이 성터 지하에 자리 잡은 비밀 공간에 얼마 전까지만 하더라도 베릭쿠스의 핵심 멤버들이 모여서 음모를 꾸미고 있다는 사실을 아는 이들은 베릭쿠스의 멤버 말고는 없었다.

　바람과 함께 먼지가 휘날리는 황량한 이곳을 찾은 이가 있었다. 로브를 걸치고 후드를 뒤집어쓴 그녀는 흔적만 남은 성터를 무덤덤한 시선으로 바라보았다. 후드를 벗어 목뒤로 넘기자 길게 자라난 검은색 머리카락이 휘날렸다.

"……"

제이워드가 죽은 이후 유일한 아크메이지로 알려진 그녀, 엘레노어는 크루디아 황가 출신이었다. 하지만 권력 암투에 유일한 혈육이었던 어머니가 희생당한 그녀는 더 이상 크루디아 제국을 모국으로 여기지 않았다. 아니, 그녀에게 모국이라는 개념 자체가 무의미했다.

"휴우……"

엘레노어는 길게 한숨을 내쉬더니 두 눈을 감고 정신을 집중했다. 순간 그녀의 몸에서 엄청난 양의 마나가 뿜어져 나오며 성터 전부를 뒤덮었다.

"여기로군."

다시 마나를 거두어들인 엘레노어는 성터 외곽을 향해 걸음을 옮겼다. 블링크로 단번에 갈 수 있음에도 그녀는 일부러 천천히 시간을 들여 성터를 걸어갔다.

눈을 감자 먼지바람이 부는 황량한 공터가 그녀의 눈에는 화려한 꽃과 수풀로 뒤덮인 정원으로 바뀌었다. 병약하기만 했던 어머니의 얼굴에는 화색이 돌았고 자비로운 미소로 엘레노어의 머리를 쓰다듬어 주었다.

하지만 다시 눈을 떴을 때, 그녀에 눈에 들어온 것은 처절

하리만치 짓밟힌 옛 성터뿐이었다. 다시는 그때로 돌아갈 수 없다는 걸 알면서도 표정과 달리 마음속 한 구석이 아련해지는 건 막을 수 없었다.

엘레노어는 고개를 가로저은 뒤 망가진 분수대에 있는 조각상에 손을 가져갔다. 손에서 흘러나온 마나가 조각상에 흘러 들어가자 허공에 반짝이는 룬 문자 수십여 개가 떠올랐다. 그녀는 잠시 예전 암호를 떠올린 후에 오른손 검지로 룬 문자를 하나씩 기억하고 있는 배열대로 건드렸다. 그러자 마찰음과 함께 조각상 아래 감추어져 있던 지하 통로가 모습을 드러냈다.

2

예전에는 익숙했던 지하실의 냄새가 엘레노어의 얼굴을 잔뜩 찌푸리게 만들었다. 그녀는 코를 찌르는 악취에 손으로 입과 코를 틀어막고 계단을 내려갔다. 불빛 하나 없는 어둠 속임에도 그녀는 차분하게 걸음을 옮겼다.

한때 이곳에서 몇 달간 밖에 나가지도 않고 연구에 몰두했던 적이 있었다. 처음에는 강제로 이곳에 처박혔지만, 언제부터인가 모든 것을 잊기 위해 미친 듯이 마법 연구 하나에만 매달렸다. 그리고 상당한 시간이 흐른 뒤에야 그녀는 절대 해서는 안 되는 일에 두 손을 담갔다는 걸 깨달았다.

제이워드가 사망했다고 알려진 이후 그녀는 속세에 대한 관심 자체를 끊고 '그것'에 대해서도 잊고 지냈다. 하지만 제이워드가 레이지로 되살아난 이상 '그것'의 존재를 어떻게든 지워야 했다.

계속해서 계단 아래로 내려간 엘레노어 앞을 두꺼운 철문이 가로막았다. 문을 열고 안으로 들어간 그녀는 오른손에 불길을 일으켜 어두운 방 안을 비추었다. 그리고 벽에 걸려 있던 횃불에 불을 옮겼다.

화르륵 하는 소리와 함께 시야가 넓어졌고, 아무것도 없는 널찍한 연구실을 본 엘레노어의 눈썹 사이가 살짝 일그러졌다.

"역시, 너무 늦었어."

그녀의 스승이었던 바르가스는 바로 이곳에서 금지된 마법을 연구했다. 만일 제국의 멸망과 동시에 이곳의 존재를 들켰다면 이렇게 깔끔하게 정리되었을 리 만무하다.

엘레노어는 혹시나 하는 마음으로 비밀 통로를 통해 숨겨진 방으로 들어갔다.

"설마……."

엘레노어는 텅 빈 열 개의 유리관 하나하나를 꼼꼼히 살폈다. 그중 다섯 개의 유리관에서 강렬한 마나의 흔적을 찾아내고선 이를 악물었다.

"그 망할 놈이 진짜 성공한 건가?"

서클 0의 마법 자체에 대해 모르던 시절, 바르가스는 제자 엘레노어와 함께 죽은 자들을 다시 되살리는 마법에 대해 심도 깊게 파고들었다. 그러나 단 한 명을 부활시키기 위해서 최소 수백 명의 생명을 희생시켜야 했고, 그나마 그렇게 해서 부활한다 하여도 살아서 움직일 수 있는 시간은 길어야 3~4개월에 불과하다는 비효율적인 결론까지 도출되었다.

엘레노어는 눈을 감고 다시 한 번 유리관에 남아 있는 마나의 흔적을 조사했다. 아무리 길어봤자 한 달 전까진 이곳에 부활을 기다리고 있던 시체들이 있었다는 확신에 엘레노어는 고개를 설레설레 저었다.

"……!"

순간 엘레노어는 등 뒤에서 느껴지는 강렬한 기운에 고개를 옆으로 돌렸다.

"너희들은 누구지?"

건장한 체격의 남성과 그와는 대조적으로 가냘파 보이는 여성이 비밀 통로를 통해 방 안으로 들어와 있었다. 남자가 걸친 갑옷과 그 옆에 서 있는 여성이 입고 있는 법의는 베르시아 교단의 일원임을 나타냈다.

'그러고 보니 예전 그 연구에 교단이 연관되어 있었다고

그놈에게 넌지시 들은 적이 있었어. 아직 미처 감추지 못한 거라도 남아 있었나?'

두 남녀를 번갈아 바라보는 엘레노어의 눈매는 그 어느 때보다 날카로웠다. 보기 힘든 은발의 머리카락과 갈색의 피부를 지닌 여성과 핏빛에 가까운 머리카락과 눈동자를 지닌 남자는 이전에 단 한 번이라도 봤다면 절대 잊어버리지 않을 정도로 강렬한 인상을 심어주었다.

특히 남자의 몸에서 뿜어져 나오는 이질적인 기운은 아크메이지인 엘레노어마저 긴장하게 만들었다. 그녀는 침을 꿀꺽 삼키고선 입을 다문 채로 룬 문자를 읊기 시작했다. 거의 마법이 완성되어 가던 도중, 남자 쪽을 주시하던 엘레노어의 두 눈이 커다랗게 떠졌다.

"데릭… 경?"

크루디아 제국과 맞서 싸우던 제이워드의 든든한 동료이자, 마지막에는 제이워드를 위해 목숨까지 내던졌던 남자의 얼굴이 지금 그녀의 시야에 들어와 있었다.

"어머?"

엘레노어는 자신도 모르게 왼쪽 눈에서 흘러내린 눈물을 황급히 닦아냈다. 만일 그때 제이워드의 곁을 자신이 떠나지 않았다면, 데릭이 그런 식으로 죽지 않았을 거라는 자책감이 그녀의 감정을 격하게 뒤흔들었다.

"형님을 아는가?"

"형님?"

엘레노어는 눈을 비빈 후 다시 한 번 남자의 얼굴을 찬찬히 뜯어보았다. 데릭과 거의 판박이에 가까운 얼굴이었지만 마지막으로 본 데릭보다 좀 더 어려 보이는 인상이었다.

"설마 당신이 데릭 경의 동생 가르시아?"

"형님과는 어떤 관계지?"

"말만 들었지만 진짜 데릭 경과 똑같은 얼굴이로군요. 옆에 있는 분은?"

날카로웠던 엘레노어의 말투는 어느새 살짝 부드럽게 변해 있었다. 그럼에도 극소수의 인원을 제외하고는 알지 못하는 이곳에 나타난 이상 경계심을 풀지 않았다.

데릭의 동생 가르시아는 허리 왼쪽에 손을 가져가더니 검자루를 움켜쥐었다. 그러나 옆에 서 있는 여성이 그의 손을 잡아끌며 고개를 가로저었다.

"제 예상이 맞는다면 저분은 그들과 관련이 없을 겁니다. 무엇보다 저 방대한 마나라면 아마도……."

가르시아와 함께 온 여성, 베아트리체는 엘레노어가 보통 마법사가 아님을 감지하며 누구인지 추측했다.

"제 이름은 엘레노어 M. 메이오르. 제이워드와 함께 싸웠던 적이 있었지요. 당신의 형인 데릭 경과도 함께했었고."

"역시 엘레노어님이 맞으시군요. 전 베르시아님의 종이자 그분의 뜻을 따르는 베아트리체라고 합니다."

"호오, 당신이 그 말로만 듣던 추기경 베아트리체였군."

제이워드와 함께 싸웠다는 공통점이 있지만, 막상 서로 만나기는 이번이 처음이었다.

가르시아는 엘레노어에게 적의가 없다는 걸 확인한 후에야 검자루에서 손을 뗐다. 왠지 모르지만 자신을 바라보는 엘레노어의 눈빛에 따스함이 느껴졌다.

그럼에도 아직 그녀를 바라보는 가르시아의 눈에는 경계심이 사라지지 않았다.

"그렇다면 당신이 이 세상에 알려진 유일한 아크메이지……"

"알려진?"

'유일한' 앞에 붙은 '알려진'이란 수식어에 엘레노어의 눈썹이 꿈틀거렸다.

"당신에게 물어볼 것이 있습니다."

가르시아는 엘레노어의 양옆에 자리 잡고 있는 관들을 바라보며 말했다.

"당신은 서클 0의 마법에 대해 알고 있습니까?"

"……!"

"헉, 헉······."

레이지의 입에서 거친 숨소리가 흘러나왔다. 이마에 흥건하게 맺힌 땀은 방금 전 해치운 몬스터 '씨 서펀트(Sea Serpent)'의 이마에서 뿜어져 나온 피와 뒤섞여 옅은 붉은색을 띄고 있었다.

헤스자 유적의 마지막 층을 지키는 몬스터답게 씨 서펀트는 레이지 일행을 난관에 빠뜨렸다. 결국 두 시간을 넘는 기나긴 전투 끝에 쓰러뜨릴 수 있었다.

씨 서펀트는 100미터를 훌쩍 넘는 길이의, 크라켄 따위는 충분히 한 입으로 뜯어내고도 남을 듯한 거대한 턱을 지닌 바다뱀이다. 두꺼운 비늘로 덮힌 전신은 웬만한 마법이나 오러는 무시하며 등과 배에 길게 이어져 있는 지느러미는 매우 날카로워서 스치는 것만으로도 강력한 독에 중독되어 버린다. 특히 입에서 뿜어져 나오는 아이스 브레스는 서클 6의 화염 마법을 무시하고 얼어붙게 만들 정도로 막강한 위력을 지니고 있다.

"진짜… 힘들었다."

15층에 도착하자마자, 갑자기 건너편 벽에 큰 구멍이 뚫리더니 물이 콸콸 흘러나왔고 뒤이어 씨 서펀트가 소환되자 일행은 혼돈에 빠졌다. 유일하게 씨 서펀트를 상대해 본 적이 있는 레이지의 지시 아래 몇 번이나 전멸할 뻔한 위기를 벗어난 후에야 씨 서펀트의 두 눈 사이에 검을 찔러 넣을 수 있었다.

"문어도 싫어……. 뱀은 더 싫어……. 이제 해산물은 보기만 해도 토할 거 같아……. 나중에 왕이 되면 조업 따윈 당장에 금지키실 거야……."

세 번이나 씨 서펀트의 꼬리에 휘감겼던 오를레앙은 멍하니 제자리에 서서 의미불명의 말만 되풀이하는 중이었다. 나머지 인원은 바닥에 주저앉아 숨을 고르고 있었다.

그렇게 한 10분 정도 흐른 뒤 오를레앙이 제정신을 찾자 레이지는 15층 정가운데로 걸어갔다. 그리고 바닥에 두 손을 대고 마나를 불어넣었다.

"설마 또 뭔가 나오는 건 아니겠지요?"

오를레앙이 벌벌 떨며 지레 겁을 먹자 레이지는 피식 웃으면서 고개를 가로저었다.

바닥에 닿은 레이지의 두 손이 빛나더니, 씨 서펀트가 나타났을 때와 다른 문양의 마법진이 모습을 드러냈고 그 위를 타원형으로 뒤덮은 마나의 장벽이 나타났다. 레이지는 암호로 걸어놨던 룬 문자를 천천히 읊자 마나의 장벽이 점차 투명해지며 사라지더니 대신 커다란 문이 모습을 드러냈다.

레이지가 문을 열고 안으로 들어가자 다른 이들도 한 명씩 그를 뒤따라 들어갔다.

"레이지, 여기가 비밀 연구소 안인가요?"

"암흑의 숲으로 통하는 마법진, 기억나죠? 거기처럼 마법으로 구현된 공간입니다. 15층의 몬스터를 해치운 뒤에 나타나도록 장치해 놨죠."

가로 세로 각각 20미터의 정사각형 공간의 중심에는 자그마한 탁자 위에 수정구가 놓여 있었고, 벽은 다른 비밀 연구소처럼 책장이 자리 잡고 있었다. 수정구로부터 나오는 빛이 방 안을 은은하게 밝히고 있었다.

오를레앙과 카트린느는 마법으로 구현된 신비로운 공간에 매혹된 듯 고개를 이리저리 돌리며 구경하기에 바빴다. 반면 마리에타는 본능적으로 책장 앞으로 달려가더니 빽빽이 꽂혀 있는 마법 서적들에 눈을 떼지 못했다. 대마법사였던 시절의 제이워드가 직접 모으고 작성한 서적을 눈앞에 두고 흥분하지 않을 매직 유저는 없을 테니까.

"마리에타, 원하는 책이 있으면 맘대로 가져가도 좋습니다."

"저, 정말인가요?"

"제 기억으로는 여기에도 워락에 대한 문서는 하나도 없고, 책장 안의 책들 내용이야 이미 다 알고 있는 것들뿐이라

전 필요없습니다. 쉐스, 너도 가져가고 싶으면 맘대로 뽑아가라."

"당신의 책 따윈 필요 없습니다."

"그럴 거라 생각했지."

쉐스의 날이 선 반응을 레이지는 웃음으로 가볍게 받아넘겼다. 지금 레이지에게 중요한 건 사소한 감정싸움이 아니라 예전 제이워드일 때 비축해 놓은 마나를 흡수할 수 있다는 기대였다.

레이지는 탁자를 향해 걸어간 뒤 수정구를 두 손으로 받아 들었다. 책장에서 책을 한 가득 꺼내 읽으려던 마리에타는 숨을 죽이고 레이지를 바라보았다. 다른 이들도 마찬가지로 그를 주시했다.

레이지의 두 손을 통해 수정구 안에 잠들어 있던 마나가 빠른 속도로 그의 몸속으로 흡수되었다. 레이지는 피를 타고 혈관 속을 빠르게 움직이는 마나를 느끼면서 두 눈을 감더니 수정구에서 손을 뗐다. 그리고 두 손을 동시에 주먹 쥐자 빛이 번쩍이면서 레이지의 시야를 하얗게 뒤덮었다.

"드디어… 서클 5로군. 진짜 길었어."

1년 하고도 약 반년 정도 되는 시간에 불과했지만, 원래 가졌던 서클에 아직도 못 미친다는 사실에 레이지는 불만을 표할 수밖에 없었다.

"하아, 제가 서클 5에 도달할 때까지 겪은 고생에 비하면 당신은 너무 쉽게 달성해 버리네요. 솔직히 셈날 정도에요."

마리에타는 서클 5가 되었음에도 그다지 기뻐하는 티를 안 내는 레이지에게 부러움을 넘어서 질투마저 살짝 느꼈다. 레이지는 굳이 그녀의 말에 대꾸하지 않고 허리에 찬 베이그란트의 서를 살폈다.

"역시……."

베이그란트 서의 책 표지가 까맣게 변했다. 이는 자체 서클이 5에 도달한 이상 서클을 한 단계 올려주는 역할을 더 이상 못한다는 표식이기도 했다. 하지만 마나를 비축해 놓는 용도와 엘레노어가 직접 써준 마법들을 쓸 수 있다는 점에선 여전히 유용했다.

레이지는 두 손을 가슴 앞에 모으고 깍지 낀 뒤 마나를 모아보았다. 이전보다 확실히 많은 양의 마나가 체내에 있음을 실감하고 그제야 만족스러운 표정을 지었다.

그러나 그것도 잠시, 다시 원래의 굳은 얼굴로 돌아갔다. 만족이라는 감정은 지금의 그에게는 절대 존재해서는 안 되는 자만에 불과하기에.

'이제 남은 비밀 연구소는 세 곳. 그곳들을 다 둘러야 다음 서클로 올라설 수 있을 거야. 문제는 나머지 연구소들의 동선이 너무 길어. 고르올라 동굴을 칸나 그년이 선수 친 게 아쉽

긴 하지만, 이미 지난 일에 미련을 둬봤자 의미없어.'

레이지는 다음 비밀 연구소를 찾는 대신, 베릭쿠스의 활동을 하나씩 줄여 나가는 쪽으로 방향을 정했다.

그러기 위해선 옛 동료 중 아직 만나지 못한 베아트리체와의 접촉이 필요했다. 나르디안이 먼저 선수 치기 전에 대륙 전쟁 시절 활약했던 이들의 손을 하나라도 더 빌려야 한다. 문득 칸나와 같이 있던 소드 마스터 퓨리언에 대한 미련이 되살아났지만 고개를 가로저으며 떨쳐 냈다.

지금의 레이지는 확실하게 자신을 믿고 따라와 줄 이들이 필요하다. 보이지 않는 곳에 있더라도 신용할 수 있는 프레드릭처럼.

4

"그러면 도로 닫겠습니다."

비밀 연구소 밖으로 나온 레이지는 대리석 바닥에 두 손을 대고 마나를 불어 넣었다. 그러자 문이 저절로 닫히더니 위에서부터 천천히 모습을 감추었다.

마리에타는 사라지는 문을 바라보며 못내 아쉬워했다. 마음 같아서는 비밀 연구소 안의 모든 서적들을 가져가고 싶었지만, 오래 머무를 수 없다는 레이지의 말에 급하게 몇 권만

추려서 와야 했기 때문이다.

"호오……."

레이지는 강렬한 존재감을 드러내고 있는 무언가를 바라보고 흡족한 표정을 지었다. 씨 서펀트의 시체는 온데간데없고, 대신 빛에 휩싸인 무언가가 공중에 떠 있었다.

"레이지, 저건 혹시 마나 코어(Mana Core)가 아닌가요?"

"역시 단번에 알아채는군요, 마리에타."

"저렇게 강렬한 마나를 품고 있는 물건이라면 그것밖에 없으니까요. 실제로 보기엔 처음이에요."

정팔면체 형태를 띠고 있는 마나 코어는 마나 스톤처럼 안에 상당한 양의 마나를 내포하고 있다. 마나 스톤과 달리 안에 포함된 마나를 흡수하거나 추출하는 건 불가능하지만, 외부의 마나에 반응하여 숨겨진 원래 모양을 드러낸다. 혹은 엄청난 양의 마나를 필요로 하는 구조물을 건설할 때 설치된다.

레이지는 허리 주머니에 넣어두었던 또 하나의 마나 코어를 꺼내 왼손에 쥐었다. 10층에서 상대했던 스켈레톤 로드를 처치하고 얻었던 바로 그거였다.

'어디 한번 어떤 물건이 나오는지 시험해 볼까?'

마나 코어는 대부분 아티팩트라 불리는 강력한 무기나 장비로 변하곤 한다. 오를레앙이 소유하고 있는 보검 아르젠트도 마나 코어로 구성되어 있다. 레이지는 지금의 본인에게 원하는 무기가 나오기를 바랐다.

레이지는 스켈레톤 로드에게서 얻었던 마나 코어를 허공에 떠 있는 또 하나의 마나 코어에 갖다댔다. 그러자 두 개의 마나 코어가 방 전체를 환하게 비추는 빛을 발산했고, 천천히 겹쳐지기 시작했다.

빛이 사라진 후, 마나 코어의 형태가 세로로 길게 늘어지면서 전혀 다른 모습으로 변하기 시작했다. 레이지는 숨을 죽이고 변화 과정을 기대감을 품고 지켜봤다.

"검이로군."

레이지는 빛 대신 차가운 기운을 뿜어내고 있는, 공중에 떠 있는 검의 자루에 오른손을 뻗었다. 그러자 레이지의 마나와 반응해 파랗게 빛나더니 뿜어내고 있던 냉기가 검 안으로 모두 스며들었다.

"프로스트 엣지(Frost Edge)?"

롱소드 형태의 검으로, 검집에 세로 방향으로 '프로스트 엣지' 라는 이름이 룬 문자로 새겨져 있었다. 검집에서 검을 뽑아내자 냉기를 뿜어내는 푸른색의 검날이 모습을 드러냈다.

"이거 예상치도 않은 보물을 얻었군요."

레이지는 프로스트 엣지를 쥐고서 획 휘둘렀다.

그러자 끝이 뾰족한 얼음 기둥이 지면을 뚫고 직선 방향으로 수십여 개가 하나씩 솟아올랐다. 마지막에 생성된 얼음 기둥의 길이는 2미터에 달했다.

오를레앙은 검집 안에 있던 보검 아르젠트를 꺼내더니 레이지가 쥐고 있는 프로스트 엣지와 비교하며 유심히 살폈다.

"왠지 아르젠트와 비슷한 느낌이 듭니다만, 저 혼자만의 생각은 아니겠지요?"

"네, 단지 아르젠트는 빛의 속성이고 이 프로스트 엣지는 이름 그대로 얼음의 속성을 띠고 있다는 차이뿐입니다. 사용법 자체도 좀 다르긴 하겠지만……."

레이지는 흡족한 표정을 지으며 프로스트 엣지를 검집에 집어넣었다. 그저 서클만 하나 올릴 예정이었는데 상당히 좋은 무기를 얻었으니 입가에 미소가 절로 떠올랐다.

"그러면 도로 1층으로 가도록 할까요?"

"칸나는 그냥 내버려 두고 말입니까?"

"전하의 말대로, 칸나를 만난 김에 아예 처리해 버리는 게 좋긴 합니다만, 조금 달리 생각하기로 했습니다."

10층에서는 여러 이유에서 칸나를 살려뒀지만, 지금은 다른 이유에서 그녀가 당장 죽어서는 안 된다고 레이지는 판단했다.

"현재 칸나의 후견인은 나르디안입니다. 그 나르디안은 크루디아의 악몽을 되살리려는 집단 베릭쿠스의 핵심 멤버라는 게 밝혀진 지 오래지요. 반대로 칸나는 공식적으로는 저의 제자라 알려져 있습니다. 그 크루디아를 잿더미로 만드는 데 가장 열성적으로 뛰어든, 바로 저… 제이워드의 제자로 말입니다."

아무리 익숙해졌다고 해도 지금의 자신을 죽었다고 알려진 '옛 자신'의 제자라 말하는 레이지의 입가에 쓴웃음이 자리 잡았다.

"진짜로 그녀가 제이워드의 후계자라 자칭하면서, 뭔가 파격적인 이유 없이 스승이 갔던 길과 반대로 향한다면 세상 사람들은 어떤 시선을 보내겠습니까? 그리고 제 입으로 말하긴 진짜 우습지만, 제이워드의 숨겨진 제자로 세간에 알려지기 시작한 제가 베릭쿠스에 맞선다면, 일은 어떻게 진행될까요?"

물론 칸나를 살려둔다는 위험 요소를 배제할 순 없겠지만, 10층에서 본 칸나의 행보는 되려 레이지를 안심하게 만들었다. 방심이 아닌, 진짜로 저놈은 그냥 놔둬도 문제없겠다는 의미로 말이다.

"한때 그년의 스승이었던 입장에서 말한다면… 전혀 성장하지 않았습니다. 단지 서클만 늘었을 뿐, 마법사로서의 역량은 저는 물론이거니와 마리에타의 발끝에도 미치지 못합니다."

당장 죽여서 앞으로 있을지 모르는 후환을 제거하는 쪽보다, 그녀가 알아서 막장 행보를 걸어가며 진짜 제이워드의 후계자가 누구인지 알리는 쪽이 더 이득이라고 생각하는 레이지였다.

5

"그럴 수가……."

엘레노어는 오른손으로 이마를 감싸쥐며 두 눈을 질끈 감았다.

"그러면 가르시아와 베아트리체, 당신들 말고 이 사실을 아는 교단 인물들은?"

"원래대로라면 제가 제일 먼저 처형될 예정이었습니다. 하지만 운이 좋은지 나쁜지… 마나 컨트롤에 실패하고 폐인이 되었던 터라 제일 나중으로 미뤄졌습니다."

하지만 가르시아는 끝까지 포기하지 않았다.

신앙심에 근원한 정신력으로 버티고 버틴 결과 그는 이성을 완전히 잃어버려야 하는 버서커 상태에서 벗어나 블러디 나이트가 될 수 있었다. 그리고 '비밀'을 알고 있는 베아트리체를 데리고 성지 밖으로 탈출하기에 이르렀다.

"잠시 생각을 정리할 시간을 주세요."

엘레노어는 벽에 등을 기대고서 가르시아로부터 들은 이야기를 처음부터 떠올렸다.

대륙 전쟁이 시작될 당시부터 베르시아 교단과 크루디아 제국이 비밀리에 협력관계를 구축했다는 사실은 익히 들어 알고 있었다.

'하지만 결국 교황은 제국을 타도해야 할 대상으로 지목했지.'

그 과정에서 평소 교황의 행보에 반대하던 수많은 성직자들이 배교자로 낙인찍혔고 종교재판과 전쟁을 통해 형장의 이슬로 사라졌다. 여기까지는 자신의 정치적 입지를 위해 정적들을 처리했다고 쉽게 판단할 수 있다.

문제는 그 이후 구 크루디아 제국의 부흥을 꿈꾸는 베릭쿠스에 전면적으로 협력하기로 나섰다는 이야기다. 그 교황이 교단 내에서 확고하게 권력을 거머쥐는 것에 만족하지 않고 대륙 전체를 지배하겠다는 야망을 품었다면, 다시 제국의 이름이 드러나는 걸 반길 리 없다.

'하지만 타인의 오러나 마나를 빼앗아 자신의 것으로 만드는 그 비법을 원했다면 베릭쿠스와 손을 잡을 이유는 충분해. 게다가 죽은 자를 일시적이나마 부활시키는 금주 마법까지 손에 넣고자 했다면……'

인간을 움직이게 만드는 가장 근본적인 욕망은 바로 '힘'

이다. 그리고 가장 강한 힘을 지녔을 경우 다른 욕망은 자연스럽게 채워지게 된다. 앞서 말한 두 개의 금주 마법을 통해 더욱 강해지고자 하는 바가 교황의 의도인 것이다.

"사실상 지금의 교황은 신성력과 마법 두 가지 모두 경지에 다다른 듀얼 클래스라는 이야기, 맞죠?"

"그리고 그것에 만족하지 않고 오러까지 익혀 트리플 클래스(Triple Class)에 도달하려고 합니다. 역사상에 단 한 번도 존재한 적이 없는 괴물을 향해 교황의 욕망은 폭주 중입니다."

가르시아의 대답에 엘레노어의 표정은 어두워졌다.

한때 그녀의 스승이었던 바르가스가 또 한 명의 아크메이지라는 사실에 적잖게 충격을 받았지만 그보다 교황의 끝을 알 수 없는 욕망이 트리플 클래스라는, 유례없는 강함으로 향하고 있음이 더 크게 다가왔다.

"하지만 마법과 달리 오러 능력의 흡수는 훨씬 비효율적이에요. 많은 오러 유저들, 그것도 꽤 높은 랭크가 아니면……."

"엘레노어님, 대륙 전쟁 당시 전사한 수많은 오러 유저들의 시체의 상당수가 교단에 의해 장례가 치러졌습니다. 거의 반드시라고 할 정도로 성지까지 직접 옮겨졌습니다."

가르시아의 말에 베아트리체의 얼굴에 그림자가 드리워졌다. 거룩한 장례라는 표면적인 형식 안쪽에는, 고인을 모독하는 해부가 진행되었고 그녀 역시 그 과정에 참여했었기 때문이다.

"그리고 데릭 경의… 해부를 바로 당신이!"

워낙 충격적인 사실이었던 터라 들었을 당시에 느끼지 못했던 분노가 뒤늦게 엘레노어를 사로잡았다. 베아트리체는 그저 고개를 숙일 따름이었다.

그러나 엘레노어는 어금니를 질끈 깨물더니 이성을 되찾았다. 지금 와서 베아트리체에게 화를 내봤자 달라지는 건 하나도 없었기에. 무엇보다 엘레노어 본인도 금주 마법을 연구하면서 많은 이들을 희생시켰기에 욕할 자격이 없다고 판단했다.

"미안해요. 저 역시 같은 처지나 마찬가지인데……."

두 여성 사이의 공기가 무거워지면서 방 안에는 침묵이 감돌았다. 가르시아는 베아트리체의 어깨를 도닥거린 뒤 다시 입을 열었다.

"현 교황 안드레아는 그것에 만족하지 않고 서클 0 마법이 묻혀 있을 거라 짐작되는 모든 고대 신전과 유적들에 손을 뻗는 중입니다. 아쉽게도 저희들은 서클 0의 마법이 존재한다는 것만 알고 있을 뿐, 어떤 마법인지는 알지 못합니다."

"그래서 이곳을 찾은 건가요?"

"네, 교황과 은밀한 접촉이 이루어졌다는 이곳에 들르면

뭔가 실마리를 잡을 수 있지 않을까 생각했기 때문입니다. 비록 아크메이지 바르가스는 만나지 못했지만 대신 엘레노어님을 만난 게 천운이라고 할… 으으윽!"

돌연 가르시아는 하던 말을 멈추고 신음 소리를 내뱉었다. 머리가 깨지는 듯한 고통을 이기지 못하고 그의 두 무릎이 땅에 닿았다.

"가르시아님!"

"으윽……. 괘, 괜찮습니다. 베아트리체 자매님."

하지만 말과 달리 가르시아의 상태는 여전히 좋지 못했다. 결국 그는 벽에 등을 기댄 채 주저앉아 인상을 쓰고 있었다.

"또 그 환각이 보이나요?"

"……네."

베아트리체는 오른손을 뻗어 가르시아에 이마에 살며시 가져갔다. 그러자 빛이 감돌면서 가르시아의 얼굴이 조금이나마 평온하게 바뀌었다.

"환각이라니, 무슨 말이죠?"

엘레노어의 질문에 베아트리체는 근심 어린 얼굴로 입을 열었다.

"가르시아님은 가끔 이렇게 알 수 없는 환각이 떠오르면서 괴로워하신답니다. 하지만 신기하게도 그 환각을 통해서 우리들은 교황에 대해서 알 수 있게 되었습니다."

"좀 더 자세히 설명해 주세요."

이때까지만 해도 엘레노어는 전혀 예상하지 못했다.

그녀가 베아트리체로부터 듣게 될 말이, 자신이 예측하던 서클 0의 비밀과 연관되었을 리라고는.

Chapter 49
전혀 예상치 못한 전개

1

혜스자 유적의 최정상을 돌파한 레이지 일행은 유적 내 설치된 공간 이동 마법진을 통해 1층으로 돌아왔다.

반나절도 안 되는 시간 만에 돌아왔지만, 씨 서펀트와의 대결이 워낙 격렬했던지라 그들에겐 거의 일주일 만에 도착한 것과 비슷한 피로가 느껴졌다. 특히 씨 서펀트에게 가장 호되게 당했던 오를레앙은 1층에 도착하자마자 털썩 주저앉고서 한숨을 크게 내쉬었다.

"다시는 유적 탐험 따윈 하진 않을 겁니다. 에휴……."

"어차피 한동안은 유적보단 베릭쿠스가 활동하고 있는 지역을 쫓아갈 계획이니 걱정하지 않으셔도 됩니다."

아직 베릭쿠스의 규모나 주요 활동 지역을 정확하게 파악하지 못한 터라, 레이지는 갈 필요가 없는 곳을 하나씩 제거하는 것부터 하기로 결정했다.

우선 나르디안과 베른의 모국인 케이서스 공화국부터 제외되었다. 어차피 베릭쿠스의 세력이 가장 확고하게 들어선 곳이니 무리해서 잠입할 필요성은 없다. 그와 비슷한 의미로 칸나가 속한 카르도니아 왕국과 프레드릭의 모국인 졸다크 왕국 역시 제외되었다.

반대의 의미로 제거된 쪽은 발렌시아 왕국과 길레터 왕국으로, 두 국가 모두 베릭쿠스에 대해 강경한 입장을 취하고 있기에 굳이 레이지가 뛰어들 이유는 없다. 두 국가 모두 각각 친구와 부모들이 든든한 후원자로 나섰기에 크게 걱정하지 않아도 되었다.

'베르시아 교단의 분위기도 확인해 봐야 하는데, 종교집단이라는 특성상 폐쇄적이라 직접 마주하지 않는 이상 알기 힘들어. 그건 나중에 미루고 우선은⋯ 그 소문의 근원지에 가 어떻게 된 일인지 알아야 해.'

베릭쿠스가 활동을 시작한 이후, 가장 충격적으로 레이지에게 다가온 소문은 다름 아닌 '페르디어스 왕국'이 움직이기 시작했다는 이야기였다.

20여 년 이상 지겹게 이어진 대륙 전쟁 와중에 유일하게 완전한 중립을 지킨 국가가 바로 페르디어스 왕국이다. 마나에 근원하지 않은 특이한 힘인 '포스'를 사용하는 포스 유저들이 배출되는 유일한 지역으로, 특히 하늘을 나는 몬스터 와이번을 타고 다니는 '와이번 라이더'를 소유한 그들의 무력은 규모 면에서는 적지만 일당백의 능력을 지니고 있다.

크루디아 제국이 그러했듯이, 당시 제이워드는 와이번 라이더의 무서움을 알고 그들을 같은 편으로 섭외하려고 했지만 아쉽게 실패했다. 대신 그들이 어느 한쪽에 끼어들지 않는 것만으로 만족해야 했다.

'페르디어스 왕국에 가장 근접한 국가는 메디앙 왕국령이야. 여기서 그곳까지 가는데 시간이 꽤 걸리겠지만, 그럼에도 우선 소문의 진위를 직접 두 눈으로 확인해야 해.'

레이지가 앞으로의 일에 대해 생각에 잠긴 사이, 먼저 출구 쪽으로 향했던 카트린느가 다급히 돌아오며 오를레앙에게 귓속말을 건넸다.

"뭐? 출구를 베르시아 교단의 인간들이 포위 중이라고?"

오를레앙의 외침에 다른 이들의 시선이 모두 그에게 집중되었다. 레이지는 쉐스 쪽을 한 번 흘짓 쳐다보며 표정을 살폈지만, 그 역시 어찌 된 영문인지 모르겠다는 얼굴이었다.

"카트린느님, 몇 명 정도 있습니까?"

"얼핏 봐서 정확한 수는 모르겠지만, 대충 스무 명 정도 되어 보였습니다."

"엄밀히 따지면 여기는 교황령 내 영토이니 성직자들이 있는 거 자체가 이상할 게 없지요. 문제는 왜 여기에 그렇게 많은 수가 왔냐는 것인데……."

교황령 자체에 들어설 때 쉐스의 이름을 대고 통과했기에 레이지가 이곳에 있는지에 대해서는 교단 측에서 익히 알고 있음이 분명했다. 레이지의 머릿속에서 그들의 의도가 무엇인지 조금씩 정리되기 시작했다.

"레이지, 걱정할 필요가 있나요? 제 마나라면 여기 있는 모두를 공간 전이 시킬 수 있을 거예요."

마리에타의 제안에 레이지는 고개를 가로저었다.

"공간 전이 마법은 헤스자 유적 안에선 통용되지 않습니다. 아까 제가 작동시킨 마법진 말고는 불가능합니다."

"아… 그러면 어떻게 하죠?"

"복잡하게 생각할 필요 없이 저 혼자 그들을 만나보도록 하겠습니다."

어차피 한 번쯤은 교단 측의 의향을 직접 파악해야 하는 바, 오히려 기회로 삼기로 결심했다.

"하지만 헤스자 유적에 저 혼자 왔다고 말하면 그들이 믿

을 리 만무하겠죠. 무엇보다 쉐스의 존재도 알고 있을 테
니……."

레이지는 묵묵히 침묵을 지키고 있는 쉐스를 넌지시 바라
보았다.

"너도 함께 나와야겠다."

2

레이지와 쉐스가 함께 출구 밖으로 나오자, 스무 명의 성당
기사단원들은 제자리를 고수한 채 포위망을 굳건히 지켰다.
검을 들진 않았지만 언제라도 뽑을 수 있게 검자루에 손을 가
져간 상태였다.

레이지는 그들의 통일된 복식과 갑옷에 새겨진 문양으로
스무 명 전원이 동일계급이라는 걸 파악했고 어딘가 지휘관
이 있을 거라는 예상으로 이어졌다.

"무슨 일입니까?"

"쉐, 쉐스님?"

"여기 계셨습니까?

쉐스를 알아본 그들은 머뭇거리며 어찌할 줄 몰랐다. 서로
눈치만을 보는 와중에 한 여성이 포위망 안쪽으로 들어왔다.

"레이지님과 쉐스, 오래간만입니다."

쉐스는 물론 레이지도 알고 있는 여성이었다.

"호오, 세리타님 아니십니까?"

"절 기억하고 계시군요."

"전 한 번이라도 본 얼굴은 잘 잊어버리지 않습니다. 세리타님께서 이분들을 이끌고 오신 거로군요. 그나저나, 반년 만이지요?"

칼루아 왕국에 위치한 드루기아의 유적을 홀로 찾아갔을 때 만났던 성당기사단 일원인 세리타를 레이지는 단번에 알아봤다.

태연스럽게 이야기를 건네는 레이지와 달리 세리타는 다소 경직된 표정으로 두 남자를 응시했다. 그녀가 오른손을 들어 올리자 성당기사단원들은 검자루에서 손을 떼고 경계를 풀었다.

"우선 본의 아니게 위협적으로 보인 점, 진심으로 사과드립니다."

세리타는 허리를 살짝 숙이며 레이지에게 사과를 했다. 그럼에도 포위망 자체는 풀지 않았다.

"다름이 아니라, 레이지님을 성지 바르디아로 모시고 오라는 상부의 지시를 시행하기 위해 기다리고 있었던 것뿐입니다."

'모시고 오라고? 분위기는 강제라도 끌고 갈 분위기였는데?'

왜 자신을 데리고 가려는지에 대해서는 짐작가는 바가 여럿 있었다. 헤스자 유적만 하더라도 교황령에 속한 지역이니 무단침입을 근거로 충분히 트집 잡을 수 있다. 그걸 피하기 위해 쉐스를 동반했지만, 아무래도 효과는 없어 보였다.

"세리타 자매님, 자세한 설명을 부탁드려도 되겠습니까?"

"저는 상부의 지시를 따르는 입장일 뿐이에요. 정말 미안해요."

레이지는 쉐스를 대하는 세리타의 말투가 남다르다는 것을 단번에 파악했다. 그는 쉐스 옆에 붙어 작은 목소리로 물어보았다.

'저 아가씨하고 아는 사이야?'

'당신에게 말할 이유는 없습니다.'

평상시와 다를 바 없는 냉담한 반응이 나오자 레이지의 입에서 '피식' 하는 웃음소리가 작게 새어 나왔다.

"그런데 다른 분들은 아직 안 나오셨습니까?"

"저희 둘뿐입니다. 다른 분들은 이곳이 아닌 다른 곳으로 떠난 지 오래입니다."

"정말입니까?"

거짓말이라 단언하지 않고 진위 여부를 확인하려는 세리타의 질문에 레이지는 마음속으로 살짝 웃었다. 아직 세리타가 다른 일행들의 움직임까지 파악하지 못했다는 확신에.

"헤스자 유적이 나름 힘겨운 곳이긴 해도 그리 큰 문제는 없었습니다. 저와 쉐스 단둘만으로도 그럭저럭 헤쳐 나갈 만했답니다."

"확실히 예전에 비교해서 믿기지 않을 정도로 강해지셨군요. 제이워드의 숨겨진 제자라는 풍문이 진짜라고 믿길 정도입니다."

이전에 만났던 레이지는 그저 랭크 2의 오러 유저로만 인식되었다. 하지만 지금 레이지의 랭크는 이미 세리타를 넘어섰고, 허리에 찬 베이그란트의 서를 보아하니 마법까지 익히고 있음이 분명했다.

"정 믿기 힘드시다면 안으로 들어가 보셔서 다른 누가 있는지 확인해 보셔도 좋습니다."

레이지는 아무렇지 않다는 표정으로 등 뒤를 가리켰다. 미리 마리에타에게 마법으로 나머지 세 명을 눈에 안 보이게 숨기라고 말해놓은 터라 들킬 걱정은 거의 없었다.

"저희를 믿고 따라와 주시지 않겠습니까?"

"그 믿어야 하는 근거 자체를 저는 잘 모르겠습니다만."

레이지는 자신을 포위하고 있는 성당기사단원들을 쭉 둘러보았다. 마음만 먹는다면 서너 명 정도 해치우고 돌파하는 것도 가능했지만, 교단과 공식적으로 척을 두긴 싫었다.

그렇다고 순순히 그들을 따라갈 작정 역시 아니었다.

"이유도 설명하지 않고 위에서 시키는 일이라고만 대답하면 순순히 따라올 거 같습니까? 그건 아니죠. 그리고 분명히 상부에서 절 '모시고 오라' 라고 말하셨는데, 그런 것 치고는 너무 거창한 인원수 아닙니까? 제 생각에는 절대로 도망가지 못하게 머릿수로 밀어붙이려는 의도로 보입니다."

레이지의 말에 성당기사단원들은 슬그머니 검자루에 손을 도로 얹었다. 어차피 예상 가능 범위 내의 반응이라 레이지는 굳이 화를 낼 필요성도 못 느꼈다. 단지 해야 할 말은 해야겠다는 의지가 발동했다.

"제 말이 다소 거슬리신다면 역으로 생각해 보는 건 어떻습니까? 만약 여러분들이 20여 명에 달하는, 그것도 무장한 병사에게 둘러싸인 상태에서 제대로 된 설명도 없이 '모시러 왔습니다' 란 말을 듣고 '아, 그렇군요' 라며 쉽게 납득할 거 같습니까? 순수하게 절 경호하러 오셨다고 쳐도 달랑 저 하나 때문에 이렇게 많은 인원이 오갈 필요까지는 없다고 봅니다."

레이지의 지적이 하나씩 늘어날 때마다 성당기사단원들의 표정에는 망설이는 기색이 역력했다. 특히 세리타는 뺨을 타고 흘러내리는 식은땀을 손수건으로 연신 닦아내는 중이었다.

'그냥 앞뒤 가리지 않고 다 쓸어버려?'

잠시나마 저돌적인 방법을 떠올린 레이지는 이내 고개를 가로저으며 떨쳐 냈다. 어디까지나 교단과의 직접적인 충돌은 피해야 한다. 그것이 지금의 자신에게 손해가 되는 쪽으로 기울더라도.

'무엇보다 여긴 교황령이야. 따지고 보면 이들은 한 나라의 근위병 혹은 친위대라고 할 수 있지.'

대신 저들도 레이지의 항변에 어느 정도 수긍하는 모습을 보인다는 게 그나마 다행이었다.

"어떠한 이유로 절 교단 측에서 보고자 하는지 명확한 이유를 제시한 뒤, 다시 와주실 수 없겠습니까? 아실지 모르겠지만, 전 이런 식의 일방적인 오고 가라에 응하기 힘든 상황입니다."

방금 전까지 다소 강경한 입장에서 벗어나 차안을 제시했지만 세리타 입장에서 난감하기는 마찬가지였다.

"그렇다면 말씀드리도록 하겠습니다. 그건……."

"이런이런, 제 부하가 실례를 끼쳤군요."

세리타의 뒤에서 남성 특유의 중후한 음성이 흘러나왔다.

"점심때부터 레이지님을 기다리느라 다들 지친 상태입니다. 그 점을 감안해 주시길 부탁드립니다."

30대 중반으로 보이는 남성은 꾸불꾸불 꼬인 앞머리를 뒤로 넘기며 살며시 미소를 지었다. 은색 플레이트 아머의 왼쪽 가슴 위 자리 잡은 문양을 본 레이지는 단번에 남자의 지위가 짐작되었다.

'혹시 성당기사단장? 아니야, 저 망토의 색이라면⋯⋯.'

그가 걸치고 있는 은색 망토를 보자 추측은 확신으로 굳어졌다. 예전 제이워드와 함께했던 성당기사단 부단장인 데릭이 두르고 다녔던 망토의 색과 일치했기 때문이다.

"혹시나 해서 다시 한 번 확인해 보겠습니다. 길레터 왕국 출신의 레이지 크로이텐님이 맞으십니까?"

"그렇습니다만."

"저는 성당기사단의 부단장을 역임 중인 모르가인 T. 에르하임이라고 합니다. 베르시아님의 가호가 그대와 함께하길 빌겠습니다."

그는 가볍게 인사를 한 뒤 성호를 그으며 레이지를 축복했다. 마법을 익힌 자들에 대해 그리 호의적이지 않은 성직자의 특성상, 정중하게 레이지를 대하는 모르가인의 태도는 확실히 의외였다.

'그럴수록 본심을 숨기고 있을 가능성이 커. 데릭조차도 날 처음 만났을 때 영 내키지 않는다는 반응이었으니.'

그런 레이지의 속마음을 아는지 모르는지, 모르가인은 미소를 잃지 않았다. 하지만 레이지 옆에 서 있는 쉐스를 보자마자 왼쪽 눈을 살짝 찡그렸다.

"쉐스, 역시 여기에 있었나?"

"오래간만입니다, 모르가인 경."

모르가인은 쉐스의 인사에 대꾸하지 않고 아예 고개를 옆으로 돌렸다. 레이지를 대할 때와는 판이하게 다른 반응이었다.

순간 쉐스의 눈매가 매섭게 변하는 걸 레이지는 놓치지 않았다. 레이지는 쉐스의 어깨를 붙들고 억지로 뒤로 밀쳐 냈다.

'야, 너답지 않게 왜 흥분해? 딱 봐도 둘 사이에 뭔가 안 좋은 일이 있었던 거 같은데 여기선 그냥 넘어가.'

'흥분하지 않았습니다. 그리고 당신은 상관하지 마십시오.'

'그래, 알았으니까 우선 쓸데없는 신경전은 피하자. 솔직히 가장 열 받는 건 나거든? 넌 나서지 마.'

'아까 말했다시피 전 평상시와 똑같습니다.'

'그런 놈이 룬 문자를 몰래 읊고 있었냐? 내 눈을 속이려고 하지 마. 저 사람들이 마법에 대해 잘 모르고 있으니 망정이지 들키기라도 했다면 당장에 검을 뽑아 들었을 거다.'

'……알겠습니다.'

레이지는 겨우 쉐스를 진정시킨 뒤 모르가인을 넌지시 바라보았다. 자신에게 틱틱거리긴 해도 본질적으로 조용한 성격의 쉐스가 적의를 드러내는 이유를 파고들고 싶었지만, 괜히 말 한 번 잘못 꺼냈다가 분위기를 험악하게 만들 이유는 없었다.

"이야기가 끝나셨습니까?"

"대충 해결되었습니다."

"그러면 레이지님을 모시고자 하는 이유를 설명해 드리도록 하겠습니다. 지금으로부터 18개월 전쯤이던가… 칼루아 왕국에 위치한 드루기아 유적에 간 적이 있습니까?"

"아, 드루기아 유적 말입니까? 알다마다요. 스승님의 유산이 있는 곳이기에 혼자서라도 탐험하고 싶었습니다만 아쉽게도 당시의 전 워낙 실력이 부족해서 가보지도 못했습니다."

레이지는 세리타가 이 자리에 있다는 점을 감안해 적당히 말을 맞추었다. 유적 근처의 마을에 머물렀다는 사실 자체를 부정하는 게 가장 좋지만 세리타를 그곳에서 만났던 적이 있는 이상 그건 무리였다.

"현재 교단 상층부에선 드루기아의 유적에서 발생했던 사건의 참고인으로 레이지님을 뵙고자 합니다. 그리고 현재 배교자로 도주 중인 베아트리체와 가르시아의 행방에 대해서도 여쭤보고자 합니다."

"네? 그게 무슨 소리입니까?"

레이지는 처음 듣는 소리라는 듯 깜짝 놀랐다.

"아, 그 전에 사과부터 드려야 하는 걸 잊었군요. 제대로 된 설명이 없었던 점 진심으로 사과드립니다."

"저도 신경이 좀 예민한 상태였던지라……. 위에서 시키는 대로 해야 하는 입장이 얼마나 곤란한지 저도 잘 알고 있으니 너무 심려치 마십시오. 그나저나, 참 곤란하군요. 모두 저와 관련 없는 이야기들인데."

레이지는 어이가 없다는 반응을 보이며 억울한 표정을 지었다. 그와 별개로 그의 마음속에선 예상했던 범위 내의 이야기가 오간 것에 살짝 실망했다.

'그것보다 참고인이라……. 딱 잘라 거절하기 힘든 단어를 썼군. 게다가 부단장이라는 사람이 직접 사과까지 한 이상 그냥 가기엔 힘들 거 같아. 그래도 한 번 더 말이라도 꺼내볼까?

"하지만 왜 이렇게 많은 분들이 오셨는지는 이해 가지 않는군요."

"그건 최근 헤스자 유적 입구에 수많은 몬스터들이 진을 치고 있다는 이야기 때문입니다. 막상 와보니 다 죽고 쓰러져 있어서 다소 허탈하기까지 했습니다."

"흐음, 그랬군요."

이렇게 된 이상 무작정 거부하기 힘든 입장이 되어버렸다. 레이지는 결국 그들을 따라가기로 결정했다.

"알겠습니다. 잘 부탁드립니다."

"이제야 떠날 수 있겠군요. 정중히 성지 바르디아까지 모시도록 하겠습니다."

모르가인이 말을 마치고서 세리타를 바라보자, 그녀는 알았다는 듯 고개를 끄덕거렸다.

"레이지님, 대로에 마차를 대기시켜 놨습니다. 저를 따라오십시오."

세리타는 뒤를 돌더니 먼저 가기 시작했고 그 뒤를 레이지와 쉐스가 따라갔다. 자연스레 성당기사단원들이 레이지의 양옆과 뒤에 붙어서 이동했고, 홀로 남게 된 모르가인은 삐죽 튀어 나온 입술을 이죽거렸다. 레이지 앞에서 보여주던 미소는 어느새 사라진 지 오래였다.

"매직 유저 따위, 마차 뒤에 매달고 가는 걸로 충분한데……. 제길."

3

4인용 마차 안에 레이지와 쉐스가 나란히 앉았고, 쉐스의 반대편에 세리타가 자리 잡았다. 빈자리 하나는 원래 모르가인이 앉기로 되어 있었지만, 세 명이 서로 아는 사이 같으니 편히 이야기를 나누라는 배려 차원에서 말을 택했다.

마차는 성지 바르디아로 향하는 대로인 '베르시아의 길'을 따라 정북쪽으로 천천히 이동했다. 다른 성당기사단원들과 모르가인은 각자 말을 타고 마차 주위에 붙어 혹시라도 레이지가 탈출하지 못하도록 감시했다.

막상 마차 안에 있는 세 명은 서로 단 한 마디도 나누지 않은 채 침묵만을 지켰다. 쉐스는 평상시와 다를 바 없이 독서에 열중했고, 세리타는 그런 쉐스를 곁눈질로 가끔 쳐다볼 뿐 창밖으로 스쳐 지나가는 숲으로 시선을 향했다. 레이지는 참고인 자격으로 성지에 도착하면 어떤 변명으로 자신을 보호해야 할지 반복해서 머릿속으로 궁리했다.

그렇게 해가 저물 때까지 달려간 마차는 저녁식사를 위해 멈춰 섰다. 원래대로라면 베르시아의 길 옆에 일정 간격으로 설치된 성당에 머물러야 했지만, 예정보다 늦어진 탓에 노숙하기로 결정되었다.

*　　　*　　　*

"그러니까, 그 크라켄이라는 괴물이 실제로 존재한단 말입니까?"

"저도 저렇게 큰 문어가 있을지는 상상도 못했습니다. 물론 제 스승님 앞에서는 아무것도 아니었죠."

"그것보다 아까 했던 말 사실입니까? 그 크라켄의 다리가 남자에게 좋다고……."

모닥불 주위에 둘러앉은 성당기사단원들은 레이지가 하는 말에 푹 빠져들어 경청 중이었다.

처음에는 레이지에게 경계심을 가지며 도망치지 않을까 눈을 떼지 못한 그들이었지만, 그중 한 명이 레이지에게 프레드릭에 대한 이야기를 물어본 것이 시작이었다.

성직자이면서 동시에 오러 유저인 그들은 레이지가 풀어놓은 프레드릭의 무용담에 매혹되었고, 그렇게 이야기가 이어지다 보니 어느새 주제가 크라켄으로 바뀌었다. 특히 크라켄의 고기가 밤의 남자에게 무한한 활력을 준다는 부분에서 모두 레이지 주변에 모여들어 질문 공세를 마구 퍼부었다.

"그런데 이렇게 흥겹게 떠들어도 되는지 모르겠습니다. 절 감시해야 하는 입장들 아니십니까?"

레이지가 돌연 우려를 표하자 스무 명 전원이 고개를 가로저으며 기운 빠진 한숨을 내쉬었다.

"모르가인 경이 자리를 비운 이상 문제없습니다. 저희들도 사람이니 숨 돌릴 땐 돌려야죠."

"아우, 전 모르가인 경 이야기만 나오면 치가 떨립니다. 매번 여성단원들에게 손댈 궁리만 하질 않나……. 결국 지난달에 모리아나가 퇴단한 걸 생각하면 치가 떨립니다. 참 착하고 좋은 애였는데 말입니다."

"그래도 세리타님이 있으니 괜찮잖아?"

"모르가인 경 그 인간이 세리타님의 약혼자라는 게 더 열받아. 집안만 믿고 억지로 약혼을 밀어붙이는 꼬락서니가 너무 눈꼴시어서 원……."

10대 후반에서 20대 중반의 나이대의 남자들로만 구성된지라 여성 문제에 대해서도 관심이 많았다. 그러다가 모르가인이라는 이름이 언급되자마자 그를 비난하는 말이 우수수 쏟아져 나왔다.

"두 분, 약혼한 사이였습니까?"

"아쉽게도 말이죠. 에휴, 짜증나네."

귀족간의 혼약이 대부분 정치적인 이유로 이루어진다는 걸 감안하면 그다지 이상할 것도 없기에 레이지는 그런가 하고 넘어갔다.

"쉐스님 쪽이 세리타님과 훨씬 더 어울리지. 안 그래?"

"확실히 세리타님이 쉐스님을 바라보실 때의 시선이 뭔가 의미심장했어."

"확실히 그렇긴 한데 쉐스님이 워낙 무뚝뚝하셔야 말이지. 금욕이야 성직자로서 당연한 덕목이지만, 때로는 너무하나 싶을 정도로 딱딱한 분위기를 풍기셔서……."

"게다가 쉐스님이 조금이라도 여자에 흥미를 보인다면 윗

대가리들이 이때다 싶어서 어떻게든 흠집을 잡으려고 달려들 걸? 애초에 세이지가 된 이후부턴 그놈의 순혈주의 때문에 출세하시긴 글렀지만."

이번에는 쉐스를 주제로 이야기가 이어졌다. 어느새 레이지는 뒷전으로 밀려나고 쉐스와 세리타 두 남녀에 대해 열변을 토하기에 바쁜 그들이었다.

자연스레 대화에서 제외된 레이지는 본의 아니게 떨어진 나머지 일행들을 떠올렸다.

'마리에타는 잘 떠났을까?'

레이지는 자신과 쉐스가 성당기사단원들과 함께 자리를 뜨면 뒤따라오지 말고 암흑의 숲으로 통하는 마법진이 있는 곳으로 가라고 말해놨다. 그녀의 존재를 성당기사단원들이 눈치채지 못한 건 다행이지만 아무래도 걱정되는 건 사실이었다.

'그러고 보니 쉐스 이 녀석은 어디로 갔지? 방금 전까지만 하더라도 옆에 있었는데?'

레이지는 자리에서 슬그머니 일어난 뒤 그의 마나가 느껴지는 숲 안쪽으로 발걸음을 옮겼다. 가던 도중 괜한 의심을 사기 싫어서 두 명의 성당기사단원을 데리고 가야 했다.

4

"놓으십시오."

머리 위로 올려진 두 손을 한꺼번에 붙들린 세리타는 자신을 나무에 밀어붙인 모르가인을 올려다보며 냉담하게 말했다.

"왜 이래? 우리 둘밖에 없잖아? 이제 와서 얌전한 척하는 거야?"

"전 당신이 저에게 특별히 할 이야기가 있다 해서 따라온 것뿐입니다."

"남녀 사이에 특별히 할 이야기가 이것 말고 뭐가 있겠어?"

모르가인은 욕정에 불타오르는 눈으로 그녀를 바라보며 혓바닥으로 자신의 입술을 쓱 핥았다. 그는 외부인인 레이지 앞에서 숨겼던 진짜 모습을 맘껏 드러냈다.

한 달 전 칼루아 왕국의 단 한 명뿐인 왕자가 처참하게 살해된 뒤 두 개의 세력으로 갈라졌던 정치 파벌의 다툼이 수면 위로 드러났다. 결과적으로 이미 죽은 왕자를 지지했던 파벌은 구심점을 찾지 못하고 자연스럽게 몰락했으며, 현 왕의 동생을 지지하던 쪽은 드디어 고대하던 권력의 중추로 자리 잡았다.

세리타의 가문 말리스가는 불행히도 왕자를 지지하던 파

벌 중 하나였다. 그녀의 아버지는 감옥에 투옥되었다가 화해를 빙자한 모르가인의 제안을 받아들인 후에야 비로소 출옥할 수 있었다.

평소 세리타를 눈독들이던 모르가인은 자신과의 약혼을 내세웠고, 결국 성사되었다. 세리타 개인의 감정만으로 거절할 수 없었기에 더욱 분했고, 그럼에도 아버지를 위해서 견뎌내야 했다.

"확실히 말해두겠습니다. 전 당신을 경멸합니다."

"그걸 내가 모를 거 같나? 그런데 그거 알아? 자신을 거부하는 여자를 굴복시키는 게 남자의 가장 큰 즐거움 중 하나라는 사실 말이지."

모르가인의 오른손이 세리타의 뺨을 살짝 쓰다듬었다. 세리타는 온몸에 소름이 돋는 혐오감을 느끼며 고개를 옆으로 돌렸다.

"밤은 기니 우리들끼리 즐거운 시간을 보내……."

피융!

순간 공기를 가르는 소리와 함께 모르가인의 왼쪽 뺨에 길쭉한 혈흔이 생겨났다. 너무나 놀란 그는 얼굴을 베인 고통조차 잊고서 엉덩방아를 찧었다.

"누, 누구냐!"

그는 날카로운 바람이 날아온 쪽을 향해 고함을 질렀다. 그러자 어둠 속에서 한 남자가 천천히 걸어왔다.

"쉐스?"

"갑옷에 새겨진 부단장의 문양이 부끄럽지도 않습니까? 모르가인 경."

쉐스는 그 어떤 감정도 드러나지 않는 표정으로 모르가인을 내려다봤다.

"오지랖 하나는 오질나게 넓군. 낄 때 안 낄 때를 구별 못하는 걸 보니 천한 피는 숨길 수 없나?"

모르가인은 재빨리 평정심을 되찾더니 뺨에 난 피를 손등으로 닦아내며 일어섰다.

"나에게 이런 짓을 하고도 무사할 거라 생각하진 않았겠지?"

모르가인이 허리에 찬 검을 꺼내 들자 쉐스는 그에 대응하듯 룬 문자를 읊기 시작했다.

"어이, 진짜로 나와 한판 해볼 작정인가?"

"원하신다면."

어느새 쉐스의 오른손에는 날카로운 바람이 뒤엉킨 채 맹렬히 회전하는 중이었다. 보다 못한 세리타는 쉐스의 앞을 가로막고선 두 팔을 벌렸다.

"쉐스, 이러지 말아요."

"……"

"모르가인 경, 당신이 말한 대로… 전 당신의 약혼녀입니다. 어차피 전 당신의 여자가 될 수밖에 없는데 왜 그렇게 서두르시는 거죠?"

세리타는 고개를 떨군 채 울먹이면서 말을 이어갔다. 그나마 모르가인에게 등을 보이고 있다는 사실에 마음속으로 안도하고 있었다.

"쳇, 역시 더 참아야 하나. 하지만 당신 말대로 내 여자라는 걸 부정하지 않는 거 하나만은 기쁘군."

모르가인은 검을 집어넣고서 세리타의 옆을 슥 지나갔다. 욕망을 감추지 않고 노골적으로 드러내는 시선으로 그녀의 몸을 쓱 훑어보았다.

"쉐스, 나중에 두고 보자. 교단에 다시는 발을 디디지 못하도록 짓밟아 주겠어."

쉐스 입장에서는 이미 수십 번이 넘도록 모르가인에게 들었던 말이라 새삼 화나지도 않았다.

모르가인의 모습이 어둠 속에 완전히 사라지자 쉐스는 그제야 시전 중이던 마법을 취소했다. 그리고 여전히 두 팔을 벌리고 자신의 앞을 막고 있는 세리타를 측은한 시선으로 바라보았다. 평소의 냉정한 그와는 확연하게 다른 태도였다.

"자매님, 괜찮으십니까?"

천천히 고개를 든 세리타의 두 눈에는 눈물이 살짝 맺혀 있었다. 그녀는 살짝 붉어진 얼굴로 눈가의 눈물을 손가락으로 훔쳐 냈다.

"자매님은 무슨……. 여기에 우리 둘밖에 없어."

"알았어, 세리타. 거의 2년 만에 보는 거지?"

"그래, 흐흑……."

그녀는 결국 참았던 울음을 터뜨리며 쉐스의 품에 안겼다.

하지만 쉐스는 무표정한 얼굴로 뒷걸음치면서 그녀로부터 떨어졌다. 결국 세리타는 두 손으로 얼굴을 가리고서 눈물을 펑펑 쏟아냈다. 그렇게 5분이 지나서야 그녀는 감정을 추스르고 손등으로 눈가를 비볐다.

"미안해. 요즘 힘든 일이 워낙 많아서……."

"네 아버지 일은 들어서 알고 있어. 그동안 마음고생이 심했지?"

"그것뿐이라면 어떻게든 넘어가겠는데 가르시아 경과 베아트리체님의 사건도 그렇고, 솔직히 말해서 더 이상 버티는 것 자체가 무리야."

평소 존경하던 두 인물이 배교자가 되어 도망치는 중이었기에 세리타는 마음의 구심점을 잃어버린 지 오래였다. 이번 임무에 참여한 이유 중 하나가 그 둘과 어떻게든 관련되었을지도 모르는 레이지를 만나기 위함이었다.

"너 그리고 카니아와 함께 성지에 있던 때가 그리워."

그녀의 말에 쉐스는 고개를 끄덕거렸다.

서로 비슷한 나이대인 세 남녀는 서로 의기투합하여 항상 함께 어울려 다녔다. 쉐스와 카니아는 고아라는 출신 탓에 또 래의 다른 성직자들로부터 보이지 않는 벽을 느꼈고, 그렇기에 귀족답지 않게 자신들과 아무렇지 않게 어울리는 세리타와 쉽게 친해질 수 있었다.

다소 간간한 분위기이지만 마음속은 그 누구보다 따듯한 카니아와 무뚝뚝하지만 성실하게 맡은 바 일에 최선을 다하는 쉐스를 보며 세리타는 힘겨운 성당기사단 수련 과정을 견뎌낼 수 있었다.

그러나 카니아가 길레터 왕국으로 발령이 나고, 쉐스는 뒤늦게 마법에 소질이 있음을 깨닫고 세이지가 되면서부터 세 남녀는 서로 뿔뿔이 흩어졌다. 비록 서신으로 정기적으로 서로 연락을 주고받는 사이이긴 해도 이렇게 직접 만나니 반가움과 함께 그동안 품어왔던 감정이 커져 가는 걸 느꼈다.

"그래도 아까는 정말 위험했어. 무모한 짓은 하지 마."

"난 친구가 능욕당하는 걸 그냥 보고 있을 정도의 인간은 아니야."

"친구…… 그래, 맞지."

세리타는 내심 실망하는 기색이었지만 애써 미소를 지으며 아닌 척했다.

"쉐스, 부탁이 있어."

"부탁?"

"만약에, 혹시라도 말이지… 레이지님이 그 두 분을 만나게 된다면 반드시 나에게 알려줘."

"두 분이라면 누굴 말하는 거야?"

"가르시아 경과 베아트리체님."

쉐스는 세리타의 부탁에 입을 굳게 다물었다.

레이지가 예전 제이워드였을 때의 동료들을 모아 베릭쿠스에 대항하려는 지금, 배교자로 낙인찍힌 두 사람과의 연관성을 최대한 소거해야 했다.

"상부에 보고하려고?"

"날 그런 인간으로 보고 있었어?"

"미안. 지금 건 내 실수였어."

스스로 말해놓고도 바보 같았는지 쉐스는 뒤통수를 긁적거리며 시선을 딴 곳으로 돌렸다.

"난 그분들이 진짜 배교자일거라 절대 생각하지 않아. 가르시아 경이 떠나면서 나에게 미안하다고 말하신 것도 그렇고. 무엇보다 지금 교단의 움직임이 뭔가 수상해."

"지난 번 편지로 알려줘서 대충은 알고 있어."

"아냐, 그냥 수상쩍은 정도가 아니야."

세리타는 조금 겁먹은 표정으로 주변을 둘러보았다. 그리고 자신과 쉐스 말고 아무도 없다는 걸 확인하고서야 입을 다시 열었다.

"성지에선 한 달에 한 번씩, 대륙 여기저기에서 고아들을 데리고 오는 걸 알고 있지?"

"응, 나와 카니아도 그렇게 성지로 올 수 있었지."

"그런데 요 근래 예전과는 비교도 되지 않을 정도로 많은 고아들이 성지로 들어왔어. 그것도 남들의 눈을 피해 야간에."

"가끔 그런 경우가 드물긴 하지만 아예 없었던 건 아니잖아? 남들의 눈을 피해서라는 건 확실히 의심스럽지만."

"나도 그렇게 생각하려고 했는데, 뭔가 이상하다고 생각해서 성지에 머무는 동안 몰래 숨어서 관찰했어. 그랬더니……."

세리타는 교차시킨 두 팔로 자신의 허리를 붙들더니 벌벌 떨기 시작했다.

"데리고 온 고아들이 모두 대성당 안으로 들어가기만 하고 단 한 명도 밖으로 나오지 않았어. 그… 알잖아? 그곳 지하에 어떤 장소가 있……."

"세리타, 잠깐."

이번에는 쉐스가 눈을 크게 뜨고 주변을 둘러보았다. 다행히도 그 누구의 기척도 느껴지지 않았다.

"나, 난 두려워. 그곳에서 행해지는 일이 뭔지 예전부터 알고 있었지만 그건 어디까지나 죽은 자를 대상으로만 행해진 거고, 무엇보다 신성력의 연구를 위해서라는 말만 믿고 애써 죄책감을 지우려고 했어. 하지만 채 열 살도 안 된 애들을 대상으로 설마⋯⋯."

"진정해."

"그 누구에게도 말할 수 없었어. 가르시아 경도 베아트리체님도 없는 성지에선 그저 베르시아님께 기도할 수밖에 없었어."

얼굴빛이 창백하게 변한 세리타는 시선을 한 곳에 두지 못했다. 급기야는 두 무릎을 꿇고 부들부들 떨었다.

"이 이야기는 나 말고 다른 사람에겐 하지 않았겠지?"

"내 말을 믿어주는 거야?"

"넌 모르가인 경처럼 두 개의 얼굴을 지닐 수 없는 성격이니까."

쉐스는 오른손을 내밀었고, 세리타는 여전히 불안에 떨면서 그의 손을 붙잡고 일어섰다.

"우선 돌아가자. 지금 이야기는 절대 다른 사람에게 하지 말고. 믿지 않는 걸 넘어서서 널 배교자로 몰아붙일 게 분명해."

5

두 사람이 마차가 있는 쪽으로 사라지자, 둘이 있던 장소에서 그다지 멀지 않은 나무 뒤에서 세 명의 남자가 모습을 드러냈다.

"마법이라는 거 진짜 편리하군요?"

레이지의 감시 차원으로 따라온 성당기사단원 엘킨은 연신 신기하다는 표정으로 자신의 두 팔을 바라보았다. 방금 전까지만 하더라도 그의 몸은 레이지의 투명 마법에 의해 아무에게도 보이지 않았다.

"진지하게 마법을 배워 보고픈 마음이 들었어."

"제이크, 너 설마 여성단원들 숙소에……."

"흠흠, 그건 엘킨 너나 할 생각이지."

홀쭉한 몸매의 엘킨과 다소 비만 체질의 제이크는 능글맞은 미소를 지으며 서로를 비웃었다. 반면 레이지의 표정은 다소 심각하게 변해 있었다.

"쉐스에겐 절대 비밀입니다. 알면 전 둘째 치고 두 분에게 뭔 짓을 할지 모르니까요."

사실 쉐스가 진짜 냉정을 유지했다면 레이지가 건 투명 마법을 금세 알아챘을 것이다. 무표정한 얼굴과 달리 쉐스의 속마음은 냉정을 잃었음이 분명했다.

"그런데 도중에 두 분께서 말하시는 이야기가 안 들린 거 같은데……."

"어, 너도 그랬어?"

그들이 쉐스가 있는 곳을 찾았을 때엔 세 남녀의 심각한 분위기가 진행되는 중이었다. 레이지의 투명 마법을 믿고 숨을 죽여가며 앞으로의 전개를 기대하던 도중, 갑자기 귓가에 아무것도 안 들리자 당황했다.

"아아, 그건 투명 마법의 부작용 때문일 겁니다. 가끔 감각이 뒤틀어져 소리가 안 들린다든지, 앞이 깜깜해지기도 하죠."

마법에 대해 모르는 두 남자는 레이지의 말을 의심없이 받아들였다. 하지만 이는 레이지가 도중에 두 명에게 소리를 못 듣게 마법을 걸어서였다. 정확히는 세리타가 '두 분'이라는 단어를 처음 말하자마자 걸었다.

"분명히 고백이었겠지?"

"그런 것치고는 너무 비장한 느낌이었어. 아아, 진짜 듣고 싶었는데 아쉬워."

정작 중요한 부분을 놓친 그들은 커져만 가는 호기심을 참지 못하고 망상만을 증폭시켰다. 레이지는 그 둘을 내버려 두고 홀로 생각에 잠겼다.

'더 알아봐야 하겠지만, 세리타가 한 말을 토대로 판단해

본다면······.'

　교단이 비밀리에 대성당 지하에서 시체의 해부를 오랫동안 진행해 왔다는 사실 자체는 제이워드 시절부터 알고 있었다. 하지만 그것이 마나에 대한 연구 차원에서 행해지는 것인 만큼, 열 살도 안 된 어린 아이들을 해부하는 건 솔직히 의미 없다는 결론이 나왔다.

　'난 이래서 교단에 호의를 품을 수 없어. 겉으로는 그 어떤 존재보다 깨끗하고 성스러운 척하면서, 뒤로는 그 누구보다 추잡한 짓을 일삼는 집단이니.'

　유일한 예외는 목숨을 던지면서까지 자신과 함께 싸워준 데릭과 그를 대신해 돌격부대에 참가한 베아트리체 정도였다.

　"음?"

　생각에 잠겨 있던 레이지는 마차가 있는 쪽으로 고개를 향했다. 처음에는 착각인가 싶었지만, 얼마 지나지 않아 숲 저편에서 뻗어온 거대한 백색 빛이 레이지를 뒤덮자 확신으로 바뀌었다.

　"이건 설마······. 침묵!"

Chapter 50
사자(死者)의 귀환

1

"크헉……."

주변을 둘러보던 기사단원 중 한 명이 피를 토하며 고개를 떨구었다.

등 뒤에서 룬 문자를 읊는 소리가 들리는 순간, 위험을 직감하고 검을 휘두르려고 했지만 이미 늦었다. 날카롭고 기다란 얼음창의 끝 부분이 갑옷을 뚫고서 가슴 앞으로 쑥 튀어나왔다. 그의 동료들은 뒤늦게 달려들었지만 그를 습격한 자는 모습을 감춘 지 오래였다.

"두려워하지 마라! 대형을 흐트러뜨리지 마라!"

부단장 모르가인은 공포와 혼란에 빠져 당황하고 있는 단원들에게 고함을 질렀다. 그러나 그가 들고 있는 검끝이 미세하게 흔들리는 것만은 숨길 수 없었다.

"이, 이것 봐! 목! 목에!"

고함을 지른 기사단원은 벌벌 떠는 손으로 옆에 있는 동료의 목을 가리켰다. 그러자 목에 수평으로 그어져 있던 붉은 선을 따라 머리가 왼쪽으로 미끄러지며 분리되더니 아래로 툭 떨어졌다.

"으아아아!"

"살려줘!"

잘려 나간 목에서 피가 솟구치자 공포에 질린 두 명의 기사단원이 검마저 내던지고 숲 안쪽으로 도망쳤다. 그리고 얼마 지나지 않아 외마디 비명이 울려 퍼졌다.

불과 몇 분 전만 하더라도 성당기사단원들은 모닥불 주위에 둘러앉아 그 누구의 눈치도 보지 않고 노닥거리는 중이었다. 막상 레이지를 데려오는 일 자체가 별 문제 없이 진행되자 그들은 오래간만에 긴장을 풀고 여유를 즐기고 있었다. 물론 그들의 지휘관 모르가인이 짜증을 내며 돌아오자 일제히 일어서야 했지만.

문제는 멀리서 빛이 뿜어져 나온 뒤부터 시작되었다. 매직 유저들에게 최악의 기술인 침묵이었지만, 막상 마법을 사용하는 이는 쉐스 한 명뿐이라 다른 이들은 무슨 일이 일어났는지 파악조차 못하고 어리둥절했다.

성당기사단원 중 한 명이 비틀거리면서 앞으로 고꾸라졌고, 무슨 일인지 주변의 동료기사들이 상태를 확인하자 그들의 안색이 새파랗게 변해 버렸다. 주먹이 들어가고도 남을 만한 크기의 구멍이 등 한가운데에 뚫려 있었고 피가 철철 흐르는 걸 보자 다급히 검을 뽑아 들었다.

모닥불 주변은 피로 흥건하게 젖어버렸고, 살아남은 자들보다 시체의 수가 더 많았다. 짙은 어둠을 이용해 모습조차 드러내지 않고 한 명씩 죽이는 정체불명의 습격자는 기사단원들에게 '사신' 그 자체였다.

"베르시아… 님이시여……. 전 당신이 있는 곳으로……."

또 한 명의 희생자가 속출했다. 그는 얼음창에 꿰뚫린 가슴을 두 손으로 감쌌지만, 흘러나오는 피를 막기엔 역부족이었다. 결국 기도문을 읊으며 무릎을 꿇더니 힘없이 얼굴을 땅바닥에 처박았다. 시체가 된 그에게서 콸콸 흘러나오는 피가 주변을 축축하게 적셨다.

대부분 실전 경험 자체가 적은 젊은이들이 대부분이라, 상대가 보이지 않는다는 사실만으로도 공포에 휩싸였다. 인간인지 아니면 몬스터인지 파악조차 못한 상황은 그들의 더욱 두려움을 증폭시켰다.

짙은 어둠이 깔린 숲속에서 그들의 시야를 밝혀주는 건 모닥불 하나뿐이었다. 하늘 높이 떠 있는 달과 별은 짙은 구름에 가려 모습조차 보이지 않았다. 반면 그들을 습격하는 자는 어둠 속에 몸을 감추고 유유히 이동 중이었다.

모르가인을 제외한다면, 쉐스와 세리타만이 두려움을 억누르며 다음 습격을 대비 중이었다. 둘은 서로 등을 맞대고서 습격자의 움직임을 파악하느라 온 신경을 집중했다.

특히 쉐스는 상대가 광범위한 지역에 마법을 봉쇄하는 침묵을 사용하고 있다는 걸 알고 고심 중이었다. 이는 이 자리에서 서클이 낮추어지며 마법 구현이 불가능해지는 걸 유일한 매직 유저인 쉐스 혼자 알아챘기 때문이다.

"베, 베르시아님이시여……. 저희들을 유혹에 빠지지 말게 하오시며……."

몇몇 기사단원들은 기도문을 읊으며 공포를 떨쳐 내려고 발버둥 쳤다. 이 상황에서 검을 들지 않고 양손을 모아 벌벌 떨며 기도한다는 건 자원해서 죽고 싶다는 의미에 불과했다.

성당기사단의 일원으로 훈련받은 자들임에도 불구하고 하나둘씩 죽어나가는 동료들을 보자 이성이 아닌 감정에 지배되어 버렸다. 죽음만큼 인간의 판단력을 흐리게 만드는 요소는 드물기에.

"……!"

쉐스는 아주 짧은 순간, 격렬한 마나의 움직임을 감지하고서 오른손에 쥐고 있던 제리온을 강하게 움켜쥐었다. 그러자 쉐스의 마나에 반응한 제리온이 기다란 봉 형태로 변하면서 엄청나게 빠른 속도로 뻗어나갔다.

퍽!

둔탁한 타격음이 들림과 동시에 땅바닥에 두 개의 선이 그어지더니 평행하게 뒤로 죽 이어졌다. 마나를 오러로 변환하는 제리온의 기능을 감안한다면, 상대는 랭크 4의 오러에 직격당한 셈이다.

"쉐스! 명중했어?"

"하지만 여전히 안 보여."

쉐스는 아쉬워하면서 5미터가 넘게 길어진 봉의 길이를 2미터로 줄였다. 이상하게도 마법을 사용하기엔 무언가 알 수 없는 압박이 느껴져서 대신 제리온을 써야 했다.

"다들 괜찮으십니까?"

바로 그때 수풀을 가르고 레이지가 달려왔다. 그리고 피로 점철된 주변이 시야에 들어왔다. 뒤이어 도착한 엘킨과 제이크는 레이지가 왜 무기를 뽑아 들고 오라는 말을 했는지 단번에 이해했다.

"여긴… 위험합니다."

쉐스의 굳어진 표정과 떨리는 목소리만으로도 더 이상의

설명은 필요하지 않았다.

"몇 명이지?"

"투명 마법을 쓰고 있어서인지 어디 있는지조차 솔직히 모릅니다."

"그래?"

레이지는 허리에 찬 베이그란트의 서를 펼치고 페이지를 휘리릭 넘겼다. 그리고 엘레노어가 직접 적어주었던 마법 중 하나를 발견하자마자 발동시켰다.

베이그란트의 서에서 하얀 연기가 뿜어져 나오더니 지면을 타고 순식간에 일대를 뒤덮어 버렸다. 발목을 살짝 넘어가는 높이로 균일하게 깔린 연기는 '보이지 않지만 누군가가 서 있는 위치'를 자연스럽게 알려주었다.

피융!

세리타의 크로스보우에서 공기를 가르며 화살이 발사되었다. 그러자 투명 마법이 풀리면서 어둠 속에 숨어 있던 한 남자의 모습이 발끝부터 머리까지 천천히 드러났다.

"용서할 수 없다……."

억양의 변화라고는 찾아볼 수 없는, 가라앉은 목소리가 그의 입에서 흘러나왔다. 그는 어깨에 박힌 화살을 뽑아내 아래로 툭 떨어뜨렸다. 놀랍게도 아까 입은 상처에서 연기가 피어오르더니 새살이 돋으며 순식간에 아물어 버렸다.

"제이워드… 엘레노어……. 그들과 관련된 자들은 모두 신의 심판을 받아야 해……."

순간 쉐스는 움찔거리며 자신의 스승을 언급한 정체불명의 남자를 노려보았다. 반면 그를 자세히 살펴보던 레이지의 얼굴이 잔뜩 일그러져 있었다.

레이지는 혹시나 하는 마음에 다시 한 번 그 남자의 얼굴을 뚫어져라 응시했다. 그러나 아쉽게도 레이지가 떠올린 이름과 다르지 않았다. 절대 이 자리에 있어서도 안 되고, 있을 수도 없는 인물의 얼굴과 일치했다.

"……포트란?"

2

자신들을 습격한 남자, 포트란을 발견한 기사단원들은 재빨리 움직이며 그를 원 모양으로 둘러싼 포위망을 형성했다. 하지만 막상 포트란에게 덤벼들 엄두를 내지 못하고 곁눈질로 그와 쉐스를 번갈아가며 쳐다보았다.

한쪽은 20대 초반의 날카로운 인상인데 반해 다른 한쪽은 50대 중반 무렵의 중년 남자로서 얼굴이 닮은 것도 아니었다. 그럼에도 기사단원들이 둘을 비교하는 까닭은 흔히 보기 힘든 회색의 로브를 걸치고 있고, 포트란이 걸치고 있는 너덜너

덜한 로브 너머로 백색의 법의가 드러났기 때문이다.

"우리와 같은… 성직자?"

물론 옷만 훔쳐서 입을 가능성은 충분하다. 하지만 포트란에게서 느껴지는 신성력은 홀리 유저라는 걸 입증하고 있었다.

쉐스는 포트란으로부터 또 하나의 힘인 마법을 감지했다. 침묵을 이 일대에 펼치고 마법으로 일행들을 하나둘씩 죽인 시점에서 적이 최소 두 명일 거라 예측했다.

하지만 막상 드러난 적은 포트란 한 명에 불과했다. 더 있나 신경을 곤두세웠지만 그 외엔 나타나지 않았다.

쉐스는 그가 자신과 같은 세이지임이 분명하다고 확신했다. 그리고 현재 교단 내에선 자신이 유일한 세이지라는 사실을 떠올리며 혼란에 빠졌다.

"정신없을 거다. 혼자라고 생각했는데 또 하나 있었으니 말이지."

"아는 자입니까?"

레이지가 넌지시 던진 질문에 쉐스는 대답 대신 물음으로 응했다. 레이지는 쉐스의 로브 자락을 살짝 잡고서 천천히 뒤로 물러섰다. 앞으로 할 말을 쉐스 혼자만 들을 수 있도록.

워낙 긴장이 팽팽하게 이어지는 상황이라 두 남자의 움직임을 수상하게 여기는 자는 기사단원 중 한 명도 없었다.

"도망칠 생각입니까?"

"목소리 낮춰."

"남들이 들으면 곤란한 이야기입니까?"

쉐스는 레이지의 옆에 바짝 붙어 작게 말했다.

"알고 있긴 해. 하지만 상식적으로 여기에 있을 수 없거든?"

"그게 무슨 말… 입니까?"

쉐스는 자신도 모르게 목소리가 커지는 걸 알아채고 다시 낮추었다.

"굳이 따지자면 네 녀석의 선배야."

"……?"

"간단히 설명할게. 저놈은 '옛날'에 네 스승과 함께 싸웠던 놈이야."

순간 쉐스는 살짝 입을 벌리며 두 눈을 크게 떴다. 그리고 단번에 그의 이름까지 기억해 냈다. 스승 엘레노어로부터 들었던 대륙 전쟁 당시의 이야기 중에, 그녀가 가장 까다롭게 상대했던 자의 이름이 바로 포트란이었다.

세이지, 포트란 S. 발텐.

홀리 클래스 5와 매직 서클 5의 듀얼 클래스로서, 당시 장기화된 대륙 전쟁을 신의 이름으로 끝내겠다고 공식적인 참전을 선언했던 교황 안드레아에게 반기를 들었던 인물이다.

친 제국 성향의 입장을 고수했던 그는 종교회의를 통해 베르시아 교단의 참전이 결정되자 스스로 성지를 떠나 제국군에 합류했다. 걸치고 다니던 회색의 로브가 죽인 자들에게 묻은 피로 물들 정도로 그는 반 제국 세력의 공포로 자리 잡았다.

그러나 결국 제이워드의 돌격부대와 전투 중에 사망했다.

"혹시나 해서 말해두겠는데, 확실히 죽었던 놈이야."

"그럴 리가……. 말도 안 됩니다."

쉐스는 크게 소리치고 싶은 충동을 애써 억눌렀다. 그러자 레이지는 오른손 검지로 자신을 가리켰다.

"진짜 말이 안 되냐?"

죽었던 자가 되살아날 수 있다는 사실 자체는 이미 레이지의 등장으로 입증된 터였다.

'하지만 뭔가 이상해. 나처럼 영혼 전이 마법으로 되살아났다면 원래 육체가 아닌 다른 인간의 몸으로 되살아나야 할 텐데?

레이지가 알고 있는 서클 '0'의 마법이 아닌 다른 비법을 썼다는 추측이 들 뿐이었다.

'게다가 뭐랄까…….'

목소리나 분위기에서 생기가 전혀 느껴지지 않았다. 만일 단 한마디도 말하지 않았다면 언데드 몬스터로 느껴질 정도였다.

"내 부하들을 죽인 죄, 엄중히 다스리겠다!"

모르가인은 포트란을 향해 검을 내밀며 자신있게 소리쳤다. 방금 전까지 다른 기사단원들과 달리 겁을 집어먹고 도망갈 기회만 노리던 그였지만 레이지가 나타나자 자연스럽게 허세를 발휘했다. 특히 아까 자신을 난처하게 만든 쉐스에게 뭔가 보여줘야 했다.

"어디서 구했는지 모르지만 성스러운 법의를 걸치고 무자비하게 성당기사단원을……."

그러나 포트란은 그의 장황한 말이 끝나기도 전에 블링크로 포위망을 벗어났다.

"으아악!"

"사, 살려줘!"

두 명의 기사단원이 불길에 휩싸여 나뒹굴었다. 세리타는 조준 자세를 취하고 연달아 크로스보우로 볼트를 발사했다. 그러나 다시 블링크를 쓴 포트란은 어느새 그녀의 눈앞에 나타났다.

"크윽!"

세리타는 반사적으로 옆으로 몸을 굴렸다. 어느새 그녀의 어깨에 날카롭게 베인 상처가 자리 잡았고 피가 흘러나왔다. 아주 조금만 늦게 반응했다면 목은 잘려 나가 바닥에 뒹굴 뻔했다.

"하아앗!"

모르가인은 오러에 휩싸인 검을 휘두르며 포트란을 나무 뒤로 밀어붙였다. 소드 마스터급의 오러를 지닌 그의 검이 어둠 속에서 잔상을 남기며 밝게 빛났다. 검이 포트란의 배를 관통해 뒤에 있던 나무에 박히자 모르가인의 입가에 승리의 미소가 자리 잡았다.

"나를 방해하면…… 죽인다."

하지만 포트란의 얼굴에는 고통스러워하는 기색이 조금도 보이지 않았다. 아무렇지 않게 두 손으로 자신의 머리를 붙잡은 포트란을 보자 모르가인의 얼굴에 핏기가 사라졌다. 벗어나려고 검을 마구 휘둘렀지만, 살갗을 뚫고 두개골까지 파고든 포트란의 열 손가락은 빠지지 않았다.

"……델 페스(폭발하라)."

펑!

폭발음과 함께 연기가 피어올랐다. 머리가 산산조각 나 사라진 모르가인의 몸이 힘없이 앞으로 풀썩 쓰러졌다.

3

모르가인이 단 한 번의 마법으로 어이없이 사망하자 성당기사단원들은 눈에 띄게 동요하기 시작했다.

워낙 끔찍한 장면을 본 탓에 구토를 하는 자들이 속출했고, 그렇게 틈을 보인 이들은 정신을 차리기도 전에 포트란의 마법에 피투성이가 되어 허무하게 쓰러졌다.

어느새 남은 인원은 레이지와 쉐스, 그리고 세리타와 성당 기사단원 엘킨과 제이크, 이렇게 총 다섯 명에 불과했다.

"제이워드… 엘레노어…… 제자라 하여도…… 죽인다."

포트란은 계속해서 같은 말을 반복하면서 레이지와 쉐스를 노려보았다. 소모된 마나를 회복시키기 위해 포트란은 가만히 서 있기만 했지만 막상 그 기회를 노려 달려드는 이는 없었다. 방금 전 본 모르가인의 죽음이 그들에게 다음 차례는 자신이라는 공포를 각인시켰기 때문이다.

반면 레이지는 다른 이유로 공격을 주저했다.

'아크메이지와 서클 6의 위치가 동시에 덤벼서 이겼던 상대야. 그때 생각만 해도 아찔해지는군.'

적의 공격이 들어올 때 일반적인 반응은 크게 세 가지로 나뉜다. 공격을 피하거나, 공격을 막아내고 반격하거나, 공격으로 인한 부상 그 자체를 견디며 되받아치는 패턴이다.

찰나의 순간에 각기 다른 반응으로 나뉘는 만큼 상대하는 방식도 달라진다. 특히 고수간의 전투에선 짧은 순간에 이 세 가지 중 하나의 패턴이라고 판단하여 대응하지 않으면 죽음에 도달하게 마련이다.

하지만 가장 드문 경우인, 고통 그 자체를 아예 무시하고 덤벼드는 타입으로 보통의 인간에게선 극히 찾아보기 힘들다. 애초에 인간이라는 생명체가 고통 그 자체를 못 느낄 리 없고, 참아낸다 하여도 그 다음 과정으로 이어질 때 조금이라도 멈칫하는 동작을 수반하게 마련이다.

포트란의 경우 맨 마지막 타입으로, 성당기사단원들이 지닌 재생 능력을 훨씬 넘어서는 회복력을 바탕으로 웬만한 공격 따윈 피하지도 않고 몸으로 받으면서 강력한 마법을 구사했다. 보통 인간이라면 견디지 못하고 비명을 지를 부상을 입고 회복되기를 반복한 결과 고통 그 자체에 둔감해지는 걸 넘어서서 무시하는 단계까지 이른 것이다.

'잠깐. 예전 저놈에게 고전했던 이유는 침묵 때문에 상당수의 마법이 봉인되었던 것이 커. 그때의 나는 순수한 매직 유저였으니까.'

지금의 레이지는 오러와 마법의 '융합'과 '침식'을 익히고 있기에 침묵지대 속에서도 상당한 위력을 발휘할 수 있다. 특히 헤스자 유적 최상층에서 서클을 5로 올렸고, 씨 서펀트를 해치우고 보검 프로스트 엣지까지 얻은 상태다.

단순히 랭크나 서클의 높고 낮음을 떠나, 아크메이지일 때보다 지금이 약하다면 도망치는 것도 불가능하다는 판단을 내렸다. 그렇다면 남은 선택지는 하나다.

"쉐스, 시간을 조금만 벌어줘. 세리타님께도 부탁드립니다."

"네."

"알았어요."

레이지는 멀찌감치 뒤로 물러서 있는 엘킨과 제이크를 손짓으로 부른 뒤 전투에 직접 참여하지 말고 뒤로 물러서 달라고 부탁했다. 도움이 안 된다는 사실에 두 사람은 부끄러웠지만 솔직하게 자신들의 실력을 인정하며 고개를 끄덕거렸다.

"그러면 시작합니다!"

레이지가 프로스트 엣지를 뽑아들자 차가운 공기가 검날 주변에서 뿜어져 나왔다. 프로스트 엣지에 오러를 불어넣자 일반적인 오러와 달리 푸르스름한 빛을 발했다.

퍼버벅!

세리타의 크로스보우에서 연달아 열 발의 볼트가 발사되어 포트란의 가슴에 집중적으로 꽂혔다. 그리고 쉐스의 봉 제리온이 길게 늘어나더니 포트란의 얼굴에 직격했다. 아직까지 살아남은 일반기사단원인 엘킨과 제이크는 레이지가 지시한 대로 제자리를 지키고 있었다.

"이런……."

볼트가 다 떨어진 크로스보우에서 찰칵찰칵 하는 소리가

나자 세리타는 양손에 단검을 쥐고 포트란을 향해 질주했다.

그 사이 레이지는 트리플 캐스팅으로 냉기 마법을 세 번 연달아 구현해 오러와 융합시켰다.

'호오? 확실히 예전과 달리 느낌 자체가 틀린데?'

기본 마나량이 늘어난 것도 있겠지만, 보검을 통한 융합은 기존에 비해 마나의 순환도나 응집도에서 비교를 거부했다. 프로스트 엣지를 둘러싸고 얼음 결정이 빠른 속도로 나선을 그리며 회전했고 그 안에서 뿜어져 나온 오러의 길이는 거의 2미터에 육박했다.

"비키십시오!"

레이지의 외침에 세리타는 공격을 멈추고 몸을 굴려 왼쪽으로 피했다.

푸른빛에 휩싸인 레이지의 프로스트 엣지가 포트란의 오른팔을 단 일 검에 베어냈다. 트리플 캐스팅으로 미리 냉기 마법을 세 번이나 중첩해 융합시킨 레이지의 프로스트 엣지의 위력은 상당했다. 레이지는 위로 향한 프로스트 엣지의 궤적을 급히 바꾸어 이번엔 내려베기로 포트란의 왼팔을 노렸다.

"너…… 제이워드의 제자!"

이제까지 감정이 드러나지 않았던 포트란의 목소리에서 처음으로 분노가 드러났다. 그는 땅바닥에 떨어진 두 팔을 마법으로 들어 올려 도로 붙이려고 했지만, 프로스트 엣지의 냉기에 닿았던 절단면에 얼음이 달라붙어 이를 방해했다.

'얼렸어! 웬만한 마법은 버텨내는 포트란의 몸을! 그렇다면!'

다음 차례는 다리였다.

레이지는 프로스트 엣지를 지면과 수평이 되도록 고쳐 잡은 뒤, 자세를 낮추고선 그대로 왼쪽에서 오른쪽으로 크게 휘둘렀다. 양다리의 무릎 위가 잘린 포트란의 몸이 뒤로 풀썩 쓰러졌다. 잘려 나간 단면은 톱에 잘린 것마냥 거칠었고, 아까처럼 얼음에 꽁꽁 둘러싸였다.

"마지막으로!"

위로 높이 뛰어오른 레이지는 프로스트 엣지를 양손으로 움켜쥐고서 땅바닥에 드러누워 옴짝달싹 못하는 포트란의 목을 향해 일격을 날렸다. 빠른 속도로 검신 주위를 회전하던 얼음 덩어리는 포트란의 목을 꿰뚫고 땅바닥 깊숙이 파고들었다. 동시에 레이지 주변의 바닥 위로 얼음판이 뻗어나갔다.

머리와 두 다리, 두 팔이 몸통에서 모두 잘려 나간 포트란은 계속 유지하던 침묵을 풀 수밖에 없었다. 침묵 특유의 압박감이 사라짐을 확인한 레이지의 입가의 미소가 떠올랐다.

"도로 붙일 시간 따윈 주지 않겠어!"

레이지는 프로스트 엣지를 오른손만으로 쥐더니 포트란의

가슴을 향해 내려찍었다.

그리고 왼손으로 재빠르게 수인을 그려 바람을 일으켰다. 돌풍에 휩싸인 포트란의 두 다리와 팔이 하늘 높이 솟아올랐다. 몸통은 프로스트 엣지가 꽂힌 상태로 땅바닥에 고정되었다. 레이지는 프로스트 엣지를 뽑아냄과 동시에 룬 문자를 크게 외쳤다.

"……라 바스(불타올라라)!"

강렬한 불길이 연거푸 솟아오르면서 포트란의 몸을 휘감았다. 레이지는 완전히 불태워 버리겠다는 심정으로 서클 5의 불기둥을 계속 불러냈다. 허리에 찬 베이그란트의 서가 연달아 깜박이며 레이지의 마나를 계속 보충해 주었다. 몸통을 향해 흩어졌던 두 팔과 다리가 휙 날아왔지만 불기둥의 강한 압박에 튕겨 버렸다.

포트란의 끈질긴 회복력도 총 다섯 번 솟아오른 불기둥을 견뎌내긴 무리였다. 마법이 끝나자 새까맣게 탄 재만이 수북이 쌓였다.

레이지는 혹시나 하는 마음으로 주변에 흩어져 있는 포트란의 다른 신체 부위들을 둘러보았다. 머리와 두 팔, 다리는 도로 붙어야 할 몸통을 잃은 탓에 더 이상 움직이지 못했다.

"휴우……."

레이지는 불기둥의 열기 때문에 땀투성이가 되어버린 이

머리를 손으로 훑으면서 길게 숨을 내쉬었다.

'내가… 포트란을 이겼어. 예전에 그렇게 고전했던 상대를 단 한 차례의 전투만으로.'

4

악몽과 같았던 비극이 끝나고, 어느새 동이 터 오르기 시작했다.

포트란의 죽음을 확인하는 순간, 레이지를 제외한 모두는 긴장이 풀림과 동시에 기절하듯 쓰러져 깊은 잠에 빠졌다. 그리고 몇 시간 뒤 깨어난 그들은 뒤늦게 동료들의 시신을 수습하기 시작했다. 레이지 역시 도와주겠다고 나섰지만, 이것은 자신들의 일이라며 정중히 사양했다. 대신 레이지는 모닥불을 계속 지피면서 시야를 밝혀주었다.

새벽이 되자 부단장인 모르가인과 기사단원 열여덟 명을 포함해 총 열아홉 구의 시신이 나란히 정렬되었고, 흰 천이 그들 위에 덮여 있었다.

"당신의 부름을 받은 이들에게 축복을 내려주시고……."

세리타는 무릎을 꿇은 자세에서 두 손을 모아 기도 중이었다. 자신들을 위험에서 구해준 베르시아에게 감사하는 동시에, 먼저 베르시아의 품으로 간 동료들을 추모하는 의미였다.

그녀의 목에 걸려 있는 로자리오가 태양빛에 반사되어 반짝
거렸다.

"부디, 그들을… 그들을……."

세리타는 결국 울음을 터뜨리며 기도문을 끝내지 못했다.

그녀 뒤에 서서 묵념 중이던 엘킨은 고개를 떨구었고, 눈물
이 아래로 떨어져 땅바닥 위를 적셨다.

"으, 으흑……."

"엘킨, 참아."

제이크는 갑자기 눈물을 흘리며 오열하는 엘킨의 어깨를
두들기며 위로했다.

"모두 죽었어. 우리 둘만 빼고 모두다……."

"나라고 안 울고 싶은 줄 알아?"

제이크는 고개를 옆으로 휙 돌리더니 숨죽여 울고 있었다.
오랜 기간 동안 함께했던 동료들이었기에 그들의 죽음은 두
남자의 감정을 크게 뒤흔들었다.

세리타는 눈물을 닦아낸 뒤 성호를 긋고서 기도를 마무리
지었다. 그녀는 기도 내내 침묵을 지키고 있던 레이지에게 허
리를 숙이며 감사를 표했다.

"정말 감사합니다. 레이지님이 아니었다면 저희들은 살아
있지 않았을 거예요."

"아닙니다."

비록 교단에 대해 그리 좋은 감정이 없는 그였지만, 이렇게 많은 동료들을 잃은 그들 앞에서 싫은 소리를 할 수 없었다. 포트란을 이겼다는 기쁨은 억누른 지 오래였다.

"앞으로 어떻게 하실 예정인지 묻고 싶습니다만."

"우선 상부에 보고해서 이분들의 시신을 수습해야겠지요."

"당연하겠지만, 아마도 좋은 결과는 안 나올 겁니다."

"그야 이렇게 많은 이들이 죽었으니……."

"그런 의미가 아닙니다."

사실 분위기가 좀 풀린 뒤에 말하려고 했지만, 그걸 기다리다간 상당히 시간이 걸릴 것 같다는 느낌에 레이지는 어쩔 수 없이 입을 열었다.

"세리타님, 본의 아니게 당신과 쉐스가 나누는 이야기를 엿들었습니다."

"설마……."

순간 쉐스는 레이지를 죽일 듯한 눈빛으로 노려보았다.

"나중에 실컷 욕해도 좋으니 우선 할 말부터 하자. 세리타님, 그때 제가 들은 바로는 많은 수의 고아들이 대성당으로 들어갔음에도 단 한 명도 나오지 않았다는 내용이었습니다. 사실입니까?"

세리타는 잠시 망설이다가 고개를 끄덕거렸다.

"굳이 그곳 지하에서 뭐가 일어나는지 설명 안 하셔도 됩니다. 전 이미 알고 있으니까요."

"네?"

"제 스승님을 통해서라고 알고 계시면 됩니다."

교단 측이 시체의 해부를 엄히 금하면서 비밀리에 시행 중이라는 건 제이워드 때부터 익히 알고 있던 사실이었다.

"혹시 그 고아들을 수송한 자들 중 이번 임무에 포함된 자들이 몇 명입니까?"

"잠깐만요."

세리타는 두 손을 펼쳐 손가락을 하나씩 굽히며 숫자를 셌다. 하나씩 숫자가 올라갈수록 사망한 인원도 같이 늘어난다는 사실에 그녀의 마음은 무거워져만 갔다.

"여기 있는 엘킨과 젤킨스까지 포함해서 열다섯 명이나 됩니다. 미처 생각해 본 적이 없었군요."

"당시 참여한 인원의 총 수는 몇 명입니까?"

"교대로 참여해서 정확한 수는 잘 모르겠지만, 대충 50에서 60명 정도에 달할 거예요."

"그 나머지 인원도 최근 다른 임무로 파견되지 않았습니까?"

세리타는 고개를 떨구더니 부들부들 떨기 시작했다. 그리고 옆에 앉아 있는 쉐스의 오른손을 강하게 움켜쥐었다.

"세리타님, 혹시 그 소문이 사실이었습니까? 최근 대성당으로 들어간 고아들이 온데간데없이 사라졌다는 그 소문이?"

"……미안해요."

"아닙니다. 세리타님이 사과하실 일은 아닙니다. 단지 저희들이 그런 무서운 일에 멋모르고 동참했다는 게 두렵고 슬플 따름입니다."

엘킨은 말없이 고개를 숙였고, 축 처진 어깨 아래 드리워진 두 주먹이 불끈 쥐어져 있었다.

"굳이 대답을 듣지 않아도 되겠군요. 역시, 그런 이유에서 세리타님과 여러분들을 이번 일에 참여시킨 것 같습니다."

죽음이라는 이름의, 가장 확실한 입막음이 교단 상층부에 의해 지시되었음이 분명했다.

"물론 그 괴물이 저와 쉐스를 노리고 왔다는 것은 분명한 사실이지만, 단순히 그 목적만을 위해서라면 굳이 다수의 성당기사단원을 보내 데리고 오라는 명령 따윈 내리지 않았겠죠. 그냥 저 괴물 한 명만 저와 쉐스에게 보내면 될 일이었습니다."

"그러면 역시 그런 이유 때문에?"

"만일 저와 쉐스를 죽이는 데 실패하더라도, 세리타님을 포함한 그 '일'에 관련된 자들을 죽이는 것으로 충분했을 겁니다. 지금 여러분들에게 할 말은 솔직히 아니지만 말입니다.

양해바랍니다."

레이지의 말에 엘킨과 제이크는 고개를 숙이고서 이를 악물었다.

"그리고 이건 앞에 제가 한 이야기들이 모두 사실이라는 가정하에 이어지는 예측인데……."

더 이상 분위기를 무겁게 만들 생각은 추호도 없었지만, 이왕 이야기가 시작된 이상 최악의 상황만큼은 막고 싶었다.

"만일 이 사건을 보고하러 직접 성지로 향한다면, 교단에서는 여러분들을 범인으로 몰아붙이거나, 그렇지 않더라도 체포할 게 유력시됩니다."

"그렇… 겠지요. 입을 막으려고 했는데 막상 다 막지 못했다면……."

"혹시라도 결백을 증명하기 위해서라도 성지로 돌아가겠다는 결심 따위 삼가시길 바랍니다. 이건 의도적으로 여러분들을 제거하기 위한 속셈입니다. 심문이라는 구실로 무자비한 고문을 가한 뒤, 형식적인 종교재판을 거쳐 여러분들을 처형대에 보낼 겁니다."

'그리고 아마 나와 쉐스까지 범인이라고 퍼뜨리는 거야 당연하겠고.'

구사일생으로 목숨을 구했지만 그 뒤에 기다리고 있다는 건 또 다른 입막음이라는 레이지의 예측을 부정하는 이는 아무도 없었다.

"여러분들이 신을 섬기는 성직자라는 건 잘 알고 있습니다. 하지만 여러분들이 복종하기로 결심한 대상은 베르시아 님이지, 교단이나 교황이 아니지 않습니까? 신과 달리 인간들은 완벽하지 않고, 완벽할 수도 없는 존재입니다."

"그렇…… 지요."

"이 상황에서 당연히 슬퍼하지 않을 수 없겠지만, 죽은 이들에 대한 추모는 여기까지가 좋다고 봅니다. 살아남으셨으니 앞으로 어떻게 해야 할지 결정해야 합니다."

레이지는 잠시 말을 멈추고 다른 이들의 반응을 살펴보았다. 쉐스야 엘레노어의 부탁 때문에라도 자신을 따라올 게 확실했지만, 나머지 세 명의 거처가 문제다.

그러나 세 명 모두 먼저 입을 열 기미조차 안 보이자 레이지는 한숨을 내쉬며 말을 이어갔다.

"별개의 이야기이지만, 교황령 내에서 이런 위험한 일에 휘말린 이상, 앞으로 똑같은 일이 반복될지 모른다는 우려가 드는군요. 방금 전은 운 좋게 제가 해치웠지만, 다음에도 그런다는 보장은 못합니다."

레이지는 일부러 자신의 실력을 격하하면서 걱정스러운 표정을 지었다. 자신들이 이용당했다고 절망하는 사람들 앞에서 실력을 과시할 생각 따위 추호도 없었다.

"그런 이유에서라도 전 성지로 갈 생각이 없습니다."

"어쩔 수 없지요."

"다른 분들은 어떻게 하시겠습니까? 부탁하신다면 숨어 지내실 피난처 정도는 마련해 드릴 수 있습니다만."

세상 사람들이 믿을지 안 믿을지 모르지만, 나중에 교단의 비리를 발표할 때 이들의 증언이 필요하다는 판단 때문이었다. 그것을 제외하더라도 어차피 교단으로 돌아가 봤자 죽음 혹은 영원한 감금만이 기다리는 자들을 쉽게 내치기엔 무리였다.

"레이지님 말대로라면…… 배교자로 수배되는 한이 있더라도 돌아가지 않겠습니다. 그리고 교단에서 그 따위 이유로 동료들을 죽였다면, 절대로 용서할 수 없습니다."

"저도 마찬가지입니다. 솔직히 전 아직도 레이지님의 말을 믿기 힘들지만 돌아가서 개죽음 당하는 것보단 배교자로 낙인찍히더라도 동료들의 죽음을 헛되게 만들지 않을 겁니다."

엘킨과 제이크는 이미 결심을 끝냈다.

이제 세리타가 결정할 차례였다. 그녀 역시 두 사람과 같은 의견이었지만 만에 하나, 레이지의 말이 틀릴 경우가 뇌리에서 떠나질 않았다.

"저는……."

포트란과의 전투에서 살아남은 자들이 자리를 떠나자, 얼마 지나지 않아 한 남자가 수풀 속을 헤치고 모습을 드러냈다.

열아홉 구의 시체로 다가가자, 그의 신발이 아직도 마르지 않은 피로 인해 붉게 물들었다. 그는 거의 다 타들어간 모닥불 위에 발을 들어 올리더니 꾹 누른 뒤 비비면서 불씨를 확실하게 꺼뜨렸다.

"역시 실패작이었나."

베르시아 교단의 성당기사단을 총 지휘하는 단장, 쉘턴 T. 헤이워즈는 잿더미로 변해 버린 포트란을 내려다보고 고개를 가로저었다.

대륙 전쟁 시절 아크메이지 제이워드에게 패배한 포트란의 시체는 머리와 두 팔 그리고 두 다리마저 절단된 처참한 형상이었다. 제국 측에서는 여섯 부분으로 나뉜 포트란의 시체를 제이워드의 눈을 피해 비밀리에 수거했다. 그리고 썩지 않도록 보존한 뒤 당시 제국의 수도였던 켈티스 성 지하로 남몰래 이송했다.

전장에 나서는 대신 마법 연구 그 자체에 몰두했던 마법사 바르가스는 이미 보관 중인 다른 시체들처럼 유리관에 넣었다. 그리고 전쟁이 끝난 뒤에도 성 지하의 비밀 연구소가 발견되지 않은 점을 이용해 죽은 자를 부활시키는 마법의 실험 재료로 활용했다.

결국 바르가스의 집념은 그동안 불가능할 거라 여겼던 사자 부활 마법(死者復活魔法)을 성공시켰다. 그리고 지금으로부터 한 달 전쯤 베릭쿠스와 베르시아 교단의 비밀 협약에 따라 교단 측은 사자 부활 마법으로 되살아난 포트란의 신병을 인도받았다.

하지만 사자 부활 마법 자체는 한계점을 지니고 있었다. 고대의 마법인 마력인형의 구동법에서 모티브를 얻어 연구했기에, 하루당 3~4시간밖에 움직일 수 없었다. 또한 구동시킬 수 있는 기한은 길어야 1~2년에 불과했다.

"그렇게 많은 생명을 쏟아부었음에도 이 정도밖에 안 된다니, 안타까워."

쉘턴은 자신의 선배이기도 한 포트란이 두 번이나 죽음을 맞이했음에 쓴웃음을 지었다.

"역시 한 번 패배자는 영원한 패배자인가……."

다시 살아난 포트란의 기동 시간은 매일 3~4시간에 해당하는 기본 수치에 못 미칠 뿐더러, 자신을 죽인 제이워드와 엘레노어에 대한 복수심만으로 움직이는 인형과 다를 바 없었다. 일단 기동시키기 시작하면 두 남녀의 이름만 계속 반복하며 지껄이기만 할 뿐, 보통의 인간처럼 행동하게 만들기엔 불가능했다.

하지만 죽기 전보다 서클과 클래스가 올라갔고, 어차피 교황이 예언한 '대정화(大淨化)' 전까지만 사용하면 충분했기에 별로 개의치 않았다. 실제로 앞선 두 번의 구동에서 효과적으로 '배교자'가 될 이들을 처리하는 데 톡톡히 활용되었다.

무엇보다 바르가스로부터 건네받은 또 하나의 '시체'는 제법 뛰어난 성능을 지녔기에 포트란에 대한 미련을 쉽게 버릴 수 있었다.

"모르가인 경, 이런 모습으로 최후를 맞이하다니 참으로 유감이야."

쉘턴은 시체를 덮고 있던 천을 들추어서 모르가인의 시체를 찾아냈다. 머리가 날아가 누구인지 확인하기 불가능해 보였지만, 걸치고 있는 갑옷의 문양으로 쉽게 파악이 가능했다.

쉘턴은 자신을 항상 질투심 어린 시선으로 쳐다보던 모르가인을 떠올렸다. 다음 단장으로 유력시되던 가르시아가 배교자라는 오명을 쓰고 퇴출된 이후, 그 자리를 거의 노력 없이 얻은 모르가인은 전혀 만족하지 않고 쉘턴의 자리까지 호시탐탐 노렸다. 그래서인지 부하의 시체를 바라보는 쉘턴의 눈에는 조금도 슬퍼하는 기색이 없었다.

"자넨 그래도 행복한 거야. 더 이상 노력할 필요도 없고, 남의 시선을 인식할 이유도 없지. 나는 앞으로 갈 길이 멀어."

쉘턴의 경쟁 상대는 다름 아닌 데릭이었다.

랭크와 클래스의 수준으로 따지면 그는 이미 데릭의 실력을 넘어섰다. 하지만 진정한 다섯 영웅을 지칭할 때 최연소 여성 추기경 베아트리체를 빼고 포함되는 데릭의 명성을 넘어서기엔 역부족이었다. 20여 년간 대륙을 뒤흔든 프라다나스 대륙 전쟁에서 맹활약했고, 죽어서까지 교단의 이름을 드높인 데릭은 여전히 큰 벽으로 자리 잡아 그를 넘어서려는 쉘턴의 머리 위에 짙은 그림자를 내리웠다.

그런 그에게 평화는 무의미했다.

영웅은 전쟁을 통해 탄생하게 마련, 다시 한 번 대륙의 격동이 필요했다.

"그나저나, 진짜 저 소년이 제이워드의 제자인가. 그 남자는 죽어서까지 괴물을 남기고 가는군."

포트란이 잘 기동 중인지 뒤늦게 이곳으로 왔던 쉘턴은 이제까지 본 적이 없는 기술로 포트란을 제압하고 소멸시켜 버린 소년에게 경악했다. 후환을 없애기 위해 기습이라도 해볼까 잠시 생각했지만, 지금의 자신으로선 솔직히 레이지를 쓰러뜨릴 엄두가 나지 않았다.

그래도 미련을 버리지 않고 오러를 감춘 채, 레이지가 이곳을 떠날 때까지 수풀 속에 숨어서 기다렸다. 하지만 도무지 빈틈을 찾기 어려웠던 터라 미련없이 포기했다.

쉘턴은 다른 시체들 위에 덮인 천을 일일이 다 펼쳐 냈다. 그리고 하나씩 누구인지 확인하면서 성호를 그었다.

"영혼이 떠난 그대들의 육체는 성스러운 일에 쓰일 것이다. 부디 기뻐하도록."

6.

공간 이동 마법으로 자신의 마탑으로 돌아온 엘레노어는, 켈티스 성 지하에서 만난 가르시아와 베아트리체를 자신의 방으로 데리고 왔다.

한동안 추격당하는 입장에 있었던 두 남녀는 불안을 떨치지 못하고 말없이 주변을 반복하여 훑어보기만 했다. 그러나 점차 시간이 흐르자 평정심을 찾은 가르시아는 엘레노어의 질문에 하나씩 대답했다.

"그랬군요. 역시 버서커를 의지로 극복하면 가능한 일이었네요. 하지만 매그너스 경 이후로 사라졌던 블러디 나이트가 다시 나타날 줄이야……. 게다가 그것도 직접 보는 건 처음이에요."

대륙 전쟁이 한창 진행되던 무렵, 제국 측에서는 갑자기 나타난 한 명의 남자가 제국은 물론 반 제국 세력에게도 공포를 안겨주었다.

그의 남자의 이름은 매그너스 A. 케이시스.

당시 40대의 나이에 랭크 5의 소드 마스터였던 그는 전투 도중 극심한 고통을 느끼며 마나 컨트롤에 실패했다.

다급히 의무실로 옮겨진 그는 3일 동안 고열에 시달리며 비명을 질렀고, 모두들 그가 다시 일어나리라 예상하지 못했다.

하지만 기적적이게도 그는 고통을 이겨내고 두 발로 일어섰다. 그것에 그치지 않고 실제 존재할 리 없다는 블러디 나이트가 되었다. 마나가 끓어오르는 피를 근간으로 구현된 그의 파괴력은 전쟁을 유리하게 이끌던 제국 측에게 막강한 카드 중 하나였다.

문제는 매그너스가 자신의 힘을 전혀 제어할 의향이 없었다는 것이다. 말이 블러디 나이트지 실제 전투에 들어가면 피아를 구별하지 않고 검을 휘두르고 능력을 사용했기에 버서커나 다름없이 취급받았다.

결국 아군에 의해 체포된 매그너스는 후방으로 호송된 이후 행방이 묘연해졌다. 죽었는지 살았는지에 대해서도 의견이 오갔으며, 계속 이어진 전쟁 속에서 차츰 잊혀 갔다.

제국에 대해서 밝혀지지 않은 사실까지 알고 있는 엘레노어가 끝내 알아내지 못한, 몇 안 되는 비밀 중 하나이기도 했다.

"앞서 말했지만 교단에 배교자로 낙인찍힌 이상, 당신들이 편하게 머물 곳은 이 대륙 내에 그다지 없을 거예요."

엘레노어는 데릭의 얼굴을 빼다박은 가르시아를 바라보며 부드러운 미소를 지었다. 블러디 나이트의 상징인 붉은 눈과 같은 색의 머리카락이 마음에 걸렸지만, 버서커가 아니라는 사실만으로도 안도했다.

"교단에 대한 저의 인식은 경멸에 가깝지만… 그걸 유일하게 깨뜨린 분이 바로 당신의 형, 데릭 경이었지요.

"형님이 보내주셨던 편지 중에 엘레노어님에 관한 이야기가 있었습니다."

"어머, 데릭 경이 저에 대해서?"

"자신은 언제 신의 품으로 돌아갈지 모르지만, 당신과 프레드릭 경이 있어서 마음 편히 제이워드의 곁을 떠날 수 있다고… 적혀 있었습니다."

가르시아의 말을 듣는 엘레노어는 목이 메는 걸 느끼며 가슴 위에 손을 올렸다. 그렇게 자신을 믿어준 데릭의 말을 따르지 못했음을 후회했다.

똑똑.

"스승님."

노크 소리와 함께 마리안느의 목소리가 방 안으로 들렸다.

"무슨 일이지?"

"오를레앙 전하와 일행 분들이 오셨습니다."

"그래? 두 분은 잠시 여기에 계세요."

엘레노어는 문을 열고 복도로 나간 뒤 곧장 마법진이 있는 곳으로 향했다.

마법진을 통해 순식간에 1층으로 이동한 그녀는 마탑 입구에 서 있는 오를레앙과 카트린느, 그리고 마리에타를 향해 다가갔다.

"너희들, 벌써 온 거냐?"

"그렇게 되었습니다. 마리에타 양의 마법으로 서둘러 왔습니다."

"그래?"

엘레노어는 마리에타를 한 번 흘낏 쳐다보고는 주변을 둘러보았다. 그런데 당연히 있어야 할 얼굴이 보이지 않았다.

"그런데 그 녀석은?"

"그게… 말입니다."

Chapter 51
민고 싶지 않은 진실

1

공간 전이 마법진을 통해 암흑의 숲으로 이동한 레이지는 성지 바르디아가 있는 서쪽을 바라보았다.

결국 세리타가 가장 최악의 선택지를 택해 버렸다는 사실이 마음에 걸렸다. 엘킨과 제이크 두 명이 그들의 목적을 이루기 위해서 가장 '최적'의 장소로 향했기에 안타까움은 더욱 컸다.

"저 혼자만이라도 성지로 돌아가 보고를 하겠어요. 레이지님의 말을 믿기 어려워서가 아니에요. 단지, 만에 하나 교단 측에 그런 의도가 없었다면 저를 포함해 엘킨과 제이크는 동료의 죽음을 방관하고 도망친 비겁자는 물론이거니와 임무마저 팽개친 입장이 되잖아요? 두 사람에겐 제가 따로 임무를 내렸다고 둘러댈 테니 걱정 말아요."

그렇게 말하면서 세리타는 목에 걸고 다니던 로자리오를 쉐스에게 건네주었다. 원래 그녀 앞에서만큼은 감정 표현에 나름 솔직했던 쉐스였기에 슬픈 표정으로 그녀가 준 로자리오를 강하게 움켜쥐었다.

"지금이라도 다시 돌아가는 게 어때?"

말을 안했을 뿐이지 쉐스는 그녀가 성지가 아닌 사지(死地)로 제 발로 걸어 들어가는 걸 어떻게든 막고 싶었다.

"아닙니다. 세리타 본인이 직접 결정한 일이니 막을 수 없습니다."

그저 레이지의 예측대로 흘러가지 않기만을 바랄 뿐이었다. 가뜩이나 말이 없는 쉐스가 내내 굳은 표정을 유지하자 레이지는 고개를 설레설레 저으며 마탑 쪽으로 걸어갔다.

입구에 도착하자 낯익은 얼굴이 레이지를 반겼다. 먼저 마탑으로 돌아온 마리에타였다.

"레이지!"

그녀는 기쁜 나머지 레이지를 향해 달려갔다. 그리고 그의 품에 뛰어들려고 했지만 레이지가 두 손을 내밀며 저지했다.
그리고 턱짓으로 옆에 있는 쉐스를 가리켰다. 원래 무뚝뚝한
편이었지만 이렇게 노골적으로 어두운 분위기를 풍긴 적은
없었던 터라, 마리에타는 기쁜 마음을 애써 감추었다.

"쉐스님, 무슨 일이 있었나 보군요."

"별일… 아닙니다."

마리에타를 의식해서인지 어느새 쉐스의 표정은 원래대로
돌아갔다.

"무슨 일이 있었는지는 나중에 물어보는 게 좋겠군요. 그
나저나, 레이지. 반가운 분들이 오셨어요."

"반가운?"

"아마 보면 깜짝 놀랄 거예요. 당신이라면 반드시."

2

레이지는 자신의 두 눈을 의심했다.

몇 번이고 눈을 비빈 뒤 다시 떴지만, 그의 시야에 들어오
는 남자의 얼굴은 절대 잊을 수 없는 '그'와 똑같았다.

"데… 릭?"

제이워드였을 때 먼저 간 동료들 중 가장 고귀한 죽음을 맞
이했던, 성당기사단의 부단장이었던 데릭의 얼굴이 바로 눈

앞에 나타난 것이다.

"지금 내가, 꿈을 꾸는 건 아니겠지?"

순간 레이지는 오른손으로 자신의 뺨을 매만졌다.

남들 앞에서 단 한 번도 보인 적이 없었던 눈물이 오른쪽 눈에서 흘러내리고 있었다.

"제이워드, 그는 데릭 경이 아니야."

엘레노어는 가슴 한구석이 찡해지는 느낌을 애써 참으며 레이지의 옆에 섰다.

"하지만 너무나 닮았어."

"그는 데릭 경의 동생, 가르시아 경이야."

"가르시아?"

데릭이 종종 편지를 쓸 때, 수신인의 이름이 항상 가르시아였던 걸 레이지는 뒤늦게 기억해 냈다.

레이지는 눈가에 고인 눈물을 마저 훔쳐 내고서 가르시아의 얼굴을 자세히 살펴보았다. 막상 처음 봤을 때의 충격에서 벗어나서 그런지, 머리카락 색깔과 눈동자 색이 데릭과 확연히 다르다는 걸 그제야 알아챘다.

"형님께서 항상 편지에 언급하던 제이워드가 바로 당신입니까?"

레이지는 가르시아가 죽었다고 알려진, 그리고 그렇게 알려져야만 하는 옛 이름으로 자신을 부르는 걸 듣고 깜짝 놀랐다. 그리고 엘레노어가 미처 자신의 정체를 밝히지 않은 그 앞에서 '제이워드'라고 자신을 부른 걸 뒤늦게 기억해 냈다.

"엘레노어! 설마 내 허락도 없이……."

"미안. 하지만 가르시아 경은 절대 널 배신하지 않을 거라 믿었기에 미리 가르쳐 준 거야."

"앞으로는 절대 그러지 마."

"어차피 그럴 사람은 더 없을 거야. 안 그런가요? 베아트리체님."

또 한 명의 이름이 언급되자 레이지는 가르시아만 바라보느라 좁아졌던 시야를 넓혔다.

"정말, 당신이 그… 제이워드가 맞나요?"

"당신까지 와 있었군."

백색 법의를 걸치고 있는 베아트리체는 40대 중년 남성 제이워드가 아닌 10대 후반의 소년 레이지의 얼굴을 응시했다. 가르시아를 데릭으로 착각한 레이지와 달리, 베아트리체는 레이지의 겉모습에서 도저히 제이워드를 연상할 수 없었다.

"너무 다르군요. 이렇게 어려질 줄이야."

"……"

"제가 알던 제이워드는 남 앞에서 절대 눈물을 흘리지 않는 남자였죠. 하지만 당신이 데릭 경의 죽음을 그 누구보다 슬퍼하던 제이워드가 아니라면, 가르시아 경의 얼굴을 보고 눈물을 흘릴 리도 없을 거예요."

다른 동료들에 비해 제이워드와 베아트리체와의 관계는 그렇게까지 썩 좋다고 하긴 힘들었다. 이는 가장 늦게 제이워드의 돌격부대에 합류한 시기적 이유도 있었지만, 데릭을 대신해 들어왔다는 이유가 가장 컸다. 제이워드에게 있어서 데릭은 그 누구도 대신할 수 없는 전우이자 동료였다.

"베르시아님이시여, 그를 아직 당신의 품으로 인도하지 않으신 점… 진심으로 감사드립니다."

하지만 그와 상관없이 베아트리체는 비록 다른 이의 육체를 빌리긴 했어도 제이워드가 살아 있음을 순수하게 기뻐하고 축복했다.

'이럴 때 다른 동료들을 만났을 때처럼 순수하게 기뻐할 수 없는 나 자신이 조금은 싫어지는군.'

교단에 대해 예전부터 부정적인 이미지를 지니고 있었기에, 오히려 성직자라는 이름에 가장 걸맞은 분위기를 지닌 베아트리체에게 레이지는 제이워드였을 때부터 강한 이질감을 느꼈다.

그것이 계속 이어지다 보니 레이지는 이제까지 옛 동료들을 다시 만났을 때처럼 베아트리체를 대하기 힘들었다.

"그리고 제이워드, 그때 세리타 자매님을 구해주신 것 맞죠?"

"그때? 아아, 드루기아의 유적에서 있었던 일 말인가?"

"지금 생각해 보니 당신 말고 제이워드의 유적에 홀로 들어갈 이는 없죠."

정확히 표현하면 구해준 게 아니라 베아트리체와 친밀한 사이라 파악하고 살려둔 것에 불과하지만, 레이지는 그걸 굳이 입 밖으로 내진 않았다.

레이지는 가르시아와 베아트리체를 바라보며 묘한 기분이 들었다.

쥴리앙이나 엘레노어와 재회했을 때 자신이 제이워드임을 증명하기 위해 들인 노력에 비하면, 막상 아무 말도 하지 않았음에도 베아트리체를 납득시켰다는 사실에 절로 쓴웃음이 나왔다.

세 남녀가 서로 말없이 상대를 응시하며 침묵이 이어지자 엘레노어는 헛기침을 하더니 레이지의 손을 잡아끌었다.

"재회의 기쁨은 우선 나중에 나누는 게 좋겠어. 너에게 할 이야기가 많아."

"나 역시 성당기사단원과 함께 있으면서 겪은 일에 대해 말해야 해. 뭔가 심각한 방향으로 일이 돌아간다는 느낌이 들어."

3

엘레노어의 연구실 중앙에는 평소에 없던 커다란 원탁이 놓여 있었다.

그 원탁 주위에 '옛날의 레이지' 인 제이워드였던 시절의 동료들과, '지금의 제이워드' 인 레이지와 새 인연을 맺은 이들이 빙 둘러 앉았다.

물론 데릭을 대신해 그의 동생 가르시아와 쥴리앙의 아들인 오를레앙도 원탁의 한 자리를 차지하고 있었다. 카트린느와 마리안느 두 여성만이 오를레앙의 자리 뒤편에 서 있었다.

"그 포트란님이……."

베아트리체는 성호를 그으며 타의에 의해 되살아나 다시 죽어버린 포트란에 대해 애도를 표했다. 그러자 레이지의 표정이 살짝 일그러졌지만, 애초에 적과 아군을 가리지 않고 죽은 이들에 대해 항상 슬퍼하던 그녀의 성격을 알고 있기에 굳이 핀잔줄 생각까지는 없었다.

"하지만 그 포트란을 쉽게 이기다니, 솔직히 믿기지 않아. 지금의 나도 그를 다시 상대하라고 하면 귀찮을 정도인데."

"엘레노어, 상성의 문제를 무시해서는 안 돼. 순수한 매직 유저에게 포트란의 침묵은 독이나 마찬가지니까. 예전에 나와 네가 아니라 프레드릭이 그를 상대했다면 의외로 싱겁게 결과가 나왔을지도 몰라."

레이지는 말을 마친 후, 살아 있음에도 유일하게 이 자리에 없는 프레드릭의 얼굴을 떠올렸다. 그는 예전의 실력을 되찾기 위해 레이지가 수행했던 엘번 섬으로 떠났다. 레이지의 부탁으로 케이지를 억지로 데리고 간 지금, 그 둘의 실력이 어디까지 늘어났을까 심히 궁금했다.

"그래도 대단한 건 사실이야. 서클 하나가 올라간 것만으로 융합의 위력이 그렇게 올라갈 줄은 예상도 못했어."

"랭크도 한 단계 올라갔다는 걸 생략하면 곤란해. 프로스트 엣지의 덕도 톡톡히 봤고."

"겸손 떨긴……. 나르디안에게도 팽팽히 맞섰다면서?"

"죽이지 못했으니 이긴 건 아냐."

그는 예전에 비해 비약적으로 실력이 올라갔음을 스스로 실감했지만, 칭찬을 듣고 자만에 빠지기 싫었다. 레이지로 되살아난 이후 그는 자신도 모르게 아크메이지였을 때를 떠올리며 실제 실력에 비해 자만했음을 부정하지 않았다. 옛날의 실력으로 다시 올라서기 위해 꾸준히 노력한 것도 사실이지만, 압도적으로 상대를 해치운 건 포트란이 처음이라는 걸 잊지 않았다.

'영혼 전이 마법의 부작용 때문에 진짜 레이지의 성격과 뒤섞였다는 핑계는 더 이상 통하지 않아. 내가 하고자 하는 일을 이루기에 충분한 실력을 갖추는 길밖에 없어.'

현재 그의 실력은 서클 5와 랭크 4에 도달했지만 앞으로 갈 길이 멀기는 변함없었다.

"말이 잠시 다른 쪽으로 샜는데, 사자 부활 마법이 완성된 거라고 판단해도 되겠지?"

"내가 바르가스의 제자로 있을 당시엔 아직 임상 단계였어. 게다가 실패율이 엄청 높아서 실질적인 효용 가치는 떨어졌어."

"하지만 포트란의 경우만 놓고 본다면 꽤 성공적이야. 나에게 이겼든 졌든 간에 죽기 전의 능력을 고스란히 지니고 되살아났다면, 그것만으로도 충분히 위협적이지."

"하아, 절대 성공해서는 안 되는 마법인데."

그러나 결국 바르가스는 엄청난 끈기로 연구에만 몰두하며 기어이 완성시켰다. 그 결과 제국의 부활을 꿈꾸는 '베릭쿠스'의 힘이 되어버린 게 엘레노어는 분하고 안타까웠다.

"진즉에 그 지하 연구소를 파괴했어야 했는데……. 내 실책이야."

제이워드의 곁을 떠난 이후 세상이 어떻게 돌아가든 신경 쓰지 않겠다는 결심이 이런 결과를 초래할지는 꿈에도 떠올리지 못했다.

"이미 지나간 일이야. 후회해 봤자 소용없어. 앞으로 어떻게 할지 궁리하는 수밖에."

"그래, 네 말이 맞아."

막상 그렇게 납득하면서도 엘레노어의 마음은 여전히 무거웠다.

"엘레노어, 그 지하 연구소에 보관되었던 시체 수가 총 열 개라고 했지?"

"모든 유리관에 시체가 있었다는 확신은 없지만, 모두 사용했다면 최소 열 구가 되겠지."

"그리고 그중 하나가 포트란이었고."

레이지는 돌연 무언가를 떠올리더니 탁자 위에 올린 두 주먹을 강하게 움켜쥐었다.

"만일… 있어서는 절대 안 되는 일이지만, 데릭의 시신으로 그 따위 짓을 한다면 난 절대 교단을 용서하지 않겠어."

그가 만일 다시 살아 돌아온다면 누구보다 가장 기뻐할 이는 레이지임이 분명하다. 그러나 교단의 의도에 의해 부활한다면 데릭이 어떤 식으로 이용당할지는 뻔하다.

레이지는 치밀어 오르는 분노를 가라앉힌 후 다시 입을 열었다. 대륙 각지에서 고아들을 데리고 와 끔찍한 일에 '사용' 중일지 모른다는 추측에 베아트리체는 고개를 푹 숙였다. 교단 내 방침에 반대하던 자신이 떠난 후 본격적으로 폭주 중인 교단의 행보가 베아트리체의 가슴을 후벼팠다.

"휴우, 내 이야기는 여기서 끝이야."

레이지는 말을 마치고 길게 한숨을 내쉬었다.

앞으로 최소 아홉 명의, 그 모두가 옛날 제이워드였을 때 적으로 상대했던 이들이 부활한다고 가정한다면 베릭쿠스의 잠재력은 예상 한도를 넘어설 것이 분명하다.

"그러면 이제 제 차례로군요."

베아트리체는 눈을 감고서 교단의 어두운 이면에 참여했던 과거의 자신을 떠올렸다.

"앞서 제이워드 당신이 말한 내용과 깊은 연관이 있을 거예요. 특히 현 교황 안드레아에 대한 내용은 더욱 더."

"어차피 베릭쿠스와 교단과 은밀히 연관되었다는 것 정도야 아까 내가 말하지 않았어?"

"아니, 그 정도가 아니에요."

베아트리체는 고개를 저으며 단호하게 대답했다.

4

"현 교황이… 트리플 클래스의 길로?"

기억상실증을 빙자해 정체를 숨기던 시절, 마법서를 뒤적이던 그에게 듀얼 클래스라도 될 생각이냐며 비꼬던 마리에타가 이런 기분이었을까.

"듀얼 클래스의 길만으로도 벅찬 나에게는 진짜 황당한 이야기야."

"하지만 사실이에요."

그 사실을 알고 있으면서 교황과 뜻을 함께하지 않았기에 베아트리체는 배교자로 낙인찍혀 도망자가 되어야 했다. 같은 처지인 가르시아는 말없이 고개를 끄덕이며 그녀의 말을 긍정했다.

"그래, 이제야 뭔가 이야기가 풀리는 느낌이야. 왜 교단이 베릭쿠스와 손을 잡았는지 이해가 가는군."

정확히는 현 교황인 안드레아가 멸망한 제국의 잔당인 베릭쿠스와 은밀한 협약을 맺은 이유가 술술 풀렸다.

"어떤 의미에서 바르가스는 예전의 나보다 훨씬 더 대단한 마법사일지도 몰라. 기존에 존재하던 서클 '0' 이 아닌, 불가능하다고 여겼던 마법을 두 개나 완성시켰으니."

물론 그를 매직 유저로서 존경스럽다던가 하는 느낌은 조금도 받지 못했다.

상대방의 오러와 마법 능력을 흡수하는 기술은 어디까지나 타인의 일방적인 희생을 요구한다. 사자 부활 마법은 이미 죽은 이의 의지에 상관없이 되살아날 것을 강요한다. 방법론적으로 레이지의 사고방식과 정면으로 대치되었다.

제이워드일 때나 레이지일 때나 그는 자신의 목적을 위해 강해지는 길을 택했다. 하지만 자신 혼자만이 아무리 강해지더라도 모든 걸 이룰 수 없다는 진리를 익히 알고 있기에, 자신과 뜻을 함께 하는 동료들과 힘을 합쳐 제국을 멸망시켰다.

제이워드는 스승 샤를로트의 은혜 덕분에 빈민가를 떠돌던 소매치기 소년에서 마법사가 될 수 있었다. 스승의 도움 없이 지금의 자신은 있을 수 없기에 남들이 어떻게 되든 혼자 강해지겠다는 생각은 단순한 욕망에 불과하다.

"대륙 전쟁 당시 많은 수의 오러 유저들이 사망했고, 그들의 장례를 신의 이름 아래 거룩히 치르겠다는 명분으로 시신을 성지로 이송한 결과……."

"그런 식으로 오러에 대한 지식을 탐구했겠지. 하지만 오러는 기본적으로 그걸 익힐 수 있는 체질을 타고나지 않으면 오러 유저가 되는 건 힘들어. 바르가스의 흡수 마법이라면 이야기가 달라지지만."

불행 중 다행이랄까, 아직 교황은 듀얼 클래스에 머무르고 있다고 들었다.

"하지만 내가 만일 교황이었다면, 굳이 트리플 클래스가 되는 길은 택하지 않을 거야. 마나나 오러 능력을 흡수당한 상대는 반드시 죽잖아? 그렇다면 흡수용으로 쓸 오러 유저를 살려두고 부하로 부리는 편이 대륙 정복 같은 야망 실현에 훨씬 효과적이니까."

아무리 개인 혼자가 강해져도 대륙 곳곳을 일일이 다 돌아다닐 수 없는 이상 강력한 힘을 지닌 부하가 필수적이다.

"그럼에도 트리플 클래스를 노린다는 건, 다른 의도가 있다는 의미겠지."

"추가로 교황은 서클 '0'의 마법에 대해 알고 있어요."

"……!"

레이지는 자신의 귀를 의심했다.

절대 들어서는 안 되고 듣고 싶지 않았던 말이 베아트리체의 입에서 흘러나왔기 때문이다.

"하긴, 서클 7의 매직 유저이기도 하니 모르는 것이 더 이상해."

레이지는 갑자기 골치가 아파지기 시작했다.

교황이 서클 0의 마법을 사용하기라도 한다면 더 큰 혼란을 초래할 것이 분명했다. 제이워드였을 때 구현하지 못했던 시간 회귀 마법이나 이계 소환 마법은 역사와 문명 자체를 뒤틀기에 충분하다.

단, 영혼 전이 마법의 경우 어떤 육체로 들어갈지 선택할 수 없기에 함부로 시전할 리 없다. 말 그대로 진짜 죽을 위기에 처했을 때에 최후의 수단으로 쓰는 마법이기에.

"레이지, 너에게 고백할 게 있어."

엘레노어는 팔꿈치를 탁자에 대고 손으로 이마를 감싸 쥐었다.

"네가 다시 살아 돌아온 이후, 난 그동안 시간 회귀 마법의 완벽한 해석에 몰두했어."

"너, 포기하지 않고 계속 그 마법에 매달렸던 거야?"

"만에 하나 일을 그르칠 경우를 대비해서 준비했던 거니 너무 탓하지는 마."

엘레노어는 고개를 흔들며 두 눈을 질끈 감았다.

"해석 자체는 완벽히 성공했어. 그리고 믿기 어려운 사실을 발견했어. 내가 왜 이제까지 시간 회귀 마법에 계속 실패했는지에 대해서를."

"어떤 이유 때문인데?"

"확실히 말해두겠는데, 난 확실하게 해석했어. 물론 마나량의 문제 때문에 1~2년 전으로 되돌리는 건 불가능하지만 하루나 이틀 정도는 충분히 가능했어. 그런데도 난 거의 한 달에 가까운 시간 동안 번번이 실패했어. 왜 그런 줄 알아?"

레이지는 자신과 쉐스를 제외한 모두의 표정이 동시에 어두워지는 걸 놓치지 않았다. 도착하기 전에 다른 이들은 모두 알고 있다는 의미였다.

"시간 회귀 마법은 한 번 되돌려진 시간대에선 사용이 불가능해."

"그렇다는 이야기는…… 설마?"

엘레노어는 잠시 말을 멈추더니 천천히 고개를 들어 올렸다.

"그래, 지금 우리가 살고 있는 이 시간대는 누군가에 의해 되돌려진 시간이야. 이미 누군가가 시간 회귀 마법을 썼다는 이야기지."

Chapter 52
의도대로 농락당하지 않겠다

1

지금 살고 있는 시간이 되돌려졌다는 사실을 순순히 받아들일 인간이 몇 명이나 있을까?

레이지는 그닥지 않게 당황하면서 앞으로 뭘 어떻게 해야 할지 막막해졌다. 그리고 그 이야기를 처음 들은 다른 이들과 마찬가지로 시간 회귀 되었다는 사실 자체를 부정했다.

엘레노어는 이미 몇 번이나 반복해서 지겹다는 표정으로 시간 회귀 마법이 적힌 마법서를 꺼내 들고 차근차근 설명했다. 급기야는 그녀가 남몰래 시간 회귀 마법을 반복해 시행하던 연구실로 모두를 끌고 와 직접 구현해 보기도 했다.

특히 이미 되돌려진 시간대이어서 실패할 경우, 나타나는 실패 현상이 눈앞에서 구현되자 레이지는 더 이상 할 말을 잃었다. 다른 이들이 모두 연구실을 떠난 뒤에도 레이지는 멍하니 홀로 서 있기만 했다.

정신을 차렸을 땐 당장에라도 쓰러질 것 같은 격심한 피로가 온몸을 억눌렀다. 비틀거리며 자신의 방이 있는 층으로 올라간 레이지는 침대에 드러눕자마자 깊은 잠에 빠졌다.

그후 레이지가 다시 눈을 떴을 때, 어두워진 밤하늘 높이 달이 떠올라 있었다.

2

마탑의 입구 밖으로 걸어나온 레이지는 땅바닥에 주저앉더니 두 다리를 쭉 뻗은 채로 두 손을 땅에 댔다.

고개를 뒤로 젖히자 높이 떠 있는 별들이 하나씩 눈에 들어왔다. 그리고 별을 바라보면서 마음을 조금씩 가라앉혔다.

옛 동료들을 모두 만났다는 기쁨도 잠시, 미처 예상 못했던 변수에 고민해야 했다.

'현재 알고 있는 서클 7의 매직 유저는 엘레노어와 그녀의 스승 바르가스, 그리고 교황 안드레아 이렇게 세 명이지.'

하지만 현재 서클 0의 마법을 쓸 수 있는 세 명이라는 의미일 뿐 그들이 시간을 회귀시켰다는 보장은 없다.

혼란에서 벗어난 레이지는 동료들과 나누었던 이야기를 머릿속에 정리하며 어긋난 부분이 없는지 확인했다. 그리고 저절로 입에서 웃음이 터져 나왔다.

'왜 나는 시간 회귀의 가능성 자체를 처음부터 생각하지 않았을까? 막상 같은 서클 0 계열의 영혼 전이 마법을 쓴 주제에 말이지.'

서클 0의 마법들이 자신 혼자만 알고 있다고 생각하지 않았다면 누군가 그 마법을 썼을 수 있다는 판단으로 확장되어야 했다.

"여기였어?"

다소 피곤한 톤의 목소리가 등 뒤에서 들려왔다.

"하암…… 아까는 죽은 듯 푹 자더니 벌써 일어난 거야?"

"많이 피곤했거든. 공간 전이 마법진을 사용했으니 마나 소모도 컸고. 그 뒤 여러 가지가 겹쳐서 그랬어."

엘레노어는 레이지의 옆에 바짝 붙어 앉았다가 지금은 이럴 때가 아니라는 생각에 한 발짝 옆으로 거리를 벌렸다.

"많이 놀랐을 거야. 그나마 넌 나은 편이야. 다른 사람들은 거의 하루가 넘게 멍하니 있었다고."

"지금은 괜찮아."

"벌써? 회복이 빠르네."

"마음에 들지 않는다고 내가 도로 되돌릴 수도 없는 상황이니까."

오히려 시간 회귀 자체가 불가능한 시간대라는 게 안심되었다. 영혼 전이 마법처럼 서클 0의 마법을 써야 하는 상황 자체가 극도로 위험하다는 증거이기에.

"어차피 난 영혼 전이 마법을 써서 더 이상 서클 0의 마법을 쓸 수 없어. 너도 잘 알잖아?"

"그래, 대신 시간 회귀 마법도 한 번 되돌린 시간대 내에서는 불가능하니…… 왠지 모르겠지만 서클 0의 마법에는 각각 강력한 페널티를 걸어놓은 느낌이 들어."

"이계 소환 마법의 단점은 뭐였지?"

"흐음, 그건 아직 다 해석을 못해서 뭐라 말할 수 없어. 단, 생명체를 단 한 개체씩만 소환할 수 있다는 게 제한이랄까?"

"그게 전설에서나 나오는 드래곤이라면?"

"하지만 현실은 차가운 법이지. 고블린 한 마리가 소환진에서 얼굴을 내밀면 소모된 마나만 아까울 거야."

냉정히 서클 0의 마법들을 하나씩 찬찬히 훑어보니 무조건적인 위력을 발휘하는 건 아니었다. 전용마법처럼 강력한 공격력을 지닌 것은 단 하나도 없었다. 영혼 전이 마법은 다른 육체로 영혼을 옮길 수 있다는, 생명을 하나 더 얻는 유리함을 지녔지만 새 육체를 임의로 선택할 수 없기에 원래 육체보다 되려 약해질 가능성이 농후하다.

"엘레노어, 너 혹시라도 영혼 전이 마법은 쓸 생각 마라. 다시 서클 올리고 그러려면 엄청 피곤해……."

"상상만 해도 끔찍한데?"

"앞으로 올릴 서클이 무려 두 단계야. 게다가 1~2 서클 때처럼 비밀 연구소에서 옛 마나를 흡수하는 정도로는 무리지."

자연스럽게 가벼운 이야기로 흘러가자 레이지의 입가에 미소가 자리 잡았다. 그를 옆에서 지켜보는 엘레노어도 마찬가지였다.

"회귀 전의 우리들은 과연 어떤 관계였는지 살짝 궁금해졌어. 지금과 똑같았을까?"

레이지의 질문에 엘레노어는 검지를 세워 턱에 가져가더니 고개를 갸웃거렸다.

"적이었을지도 몰라."

"하지만 역시 지금이 중요하다고 생각돼. 알지도 못하는 예전 시간의 나보다 현재 살아서 숨 쉬고 있는 내가 무얼 해야 할지에 대해 고민해야지."

그와 별개로 언제부터, 그리고 언제까지의 시간이 되돌려졌는지에 대해서는 알고 싶었다.

"시간 회귀 마법을 시도한 게 정확히 언제부터인지 가르쳐 줘."

"아마도 네가… 제이워드가 죽었다는 소식을 들은 직후였을 거야. 1년 하고도 반년 정도?"

"최소한 그 전에 시간이 되돌려졌다는 이야기로군. 너무 기간이 짧아서 무슨 의도에서 되돌렸는지 짐작조차 안 가."

시간 회귀 마법에는 되돌리는 시간이 길면 길수록 마나 소모량이 급격하게 늘어난다. 하루나 이틀 정도라면 몰라도 5년 이상의 시간을 되돌리려면 아무리 아크메이지라 할지라도 혼자만의 마나로는 턱없이 부족하다.

레이지는 아까 엘레노어가 시간 회귀 마법이 적힌 마법서를 내밀 때 얼핏 읽은 부분을 떠올리며 인상을 찌푸렸다. 10년 이상의 시간을 되돌리기 위해 인간의 시체로 마법진을 구현해 강제로 끌어 쓰는 법이 적혀 있었기 때문이다.

'내가 아크메이지였을 때 시간 회귀를 시도했다면 어떤 판단을 내렸을까? 다른 이들을 희생시킬 생각은 없지만…….'

"제이워드."

이야기하는 내내 발랄한 분위기였던 엘레노어가 돌연 차갑게 가라앉은 목소리로 이름을 불렀다.

"너, 사실은 시간을 되돌리지 못하는 걸 안타깝게 생각했지?"

"내가? 이제까지 내가 무슨 말을 했다고 생각해?"

"동생을 통해 형을 떠올린 걸 기억해 봐. 바로 오늘, 아니, 어제의 일이었어."

"……"

하지만 그녀의 태도가 변한 건 그 때문이 아니었다. 오랜 시간 동안 옆에 있다 보니 자연스레 레이지의 몸짓이나 습관을 알게 되었고, 아무 말 없이 가만히 있어도, 시선이 어디를 향하는지만 봐도 무슨 생각을 하는지 알게 되었다.

"그리고 네 스승, 샤를로트를 잊었다고 말하지 않겠지? 말하지 마. 여전히 네가 그 여자를 가슴에 품고 있는 건 어찌할 도리가 없지만, 옆에 있는 내 생각도 해줘."

말투는 퉁명스럽게 변했지만 하도 여러 번 겪은 일인지라 엘레노어는 손가락으로 레이지의 코를 살짝 튕길 뿐이었다.

마지막에 기분을 좀 망치긴 했어도, 레이지가 다행히도 충격에 계속 흔들리지 않는 걸 확인한 엘레노어는 자리에서 일어서며 치마에 묻은 흙을 털어냈다.

"너무 늦었네. 너도 지금이라도 들어가서 자도록 해."

하지만 레이지는 여전히 앉아서 별을 바라보고 있었다.

한 소리 들은 덕분에 더 이상 스승을 떠올리지 않았지만, 도중에 일어나서 그런지 다시 잘 자신이 없었다.

"지금 우리들에겐 1분, 1초라도 아깝다는 걸 잘 알고 있지?"

"물론이야."

"그러니 시간을 되돌릴 수 없는 이상 낭비해서는 안 돼."

3

다음날, 아침 식사를 마친 레이지와 다른 이들은 어제처럼 원탁에 모여서 이야기를 나누었다.

멍하니 혼자 남아 있던 어제와는 달리 반나절 만에 원래 모습으로 돌아온 레이지는 본의 아니게 중단되었던 이야기를 계속 이어나갔다. 마리에타는 걱정스러운 눈으로 레이지를 쳐다봤지만, 어젯밤 같이 이야기를 나눈 엘레노어는 마음 편히 차를 음미할 뿐이었다.

"시간 회귀를 누가 했는지에 대해서는 해당 마법의 특성상 시전자를 확신할 수 없습니다. 오직 그 마법을 시전한 자만이 원래 있었던 시간대의 기억을 지니고 있으니까요."

베아트리체는 가르시아 쪽으로 고개를 돌리며 뭔가 말하려고 했지만 가르시아는 고개를 저으며 만류했다.

"또한 시간 회귀라는 건 과거로 되돌아가 다시 반복되는 시간 속에서 확실한 이점을 확보할 수 있습니다. 지금이 그

반복 중인 시간대라는 걸 감안한다면 주로 정치적으로 가장 많은 이득을 보고 있는 사람들 중에서 추려내면 됩니다."

뭔가 앞이 보이지 않는 일일수록 더욱 단순하게 접근하자.

그게 현재 내린 레이지의 판단이었다.

"교황이라는 직위에 덧붙여 트리플 클래스에 도전 중인 교황 안드레아가 유력합니다. 베릭쿠스와 손을 잡으면서까지 뭔가 꾸미고 있다는 것도 감안해야 합니다. 사실 그 말고 현재 대륙 내에서 가장 강한 영향력을 지닌 자는 없습니다. 종교의 수장이라는 특성상 국가나 민족에 관계없이 지지를 받을 수 있다는 점이 가장 큽니다."

크루디아 제국의 붕괴 이후 대륙에선 제국만큼 강력한 지배력을 행사하는 국가는 없다고 봐도 무방했다. 각 국가별로 국력의 강하고 약함 자체를 따질 수는 있어도.

특히 베릭쿠스의 등장 이후 상당수의 국가들이 후계자가 암살당하는 비극을 겪거나 지배층이 분열되어 권력다툼을 본격화하는 등의 악화일로를 걷고 있다. 그런 의미에서 개인이 아닌 단체라는 차이가 있긴 해도 또 하나의 후보로 '베릭쿠스'를 꼽을 수 있었다.

그러나 레이지는 그 이름을 일부러 배제했다. 그들이 시간 회귀를 통해 뭔가 얻고 싶었다면 제국 그 자체가 멸망하도록 놔두지 않았을 것이다.

"베릭쿠스와 교단이 손을 잡은 이상, 분명히 교황이 본색을 드러낼 때가 올 겁니다. 그리고 자신이 원하는 쪽으로 새로운 미래를 만들 것입니다. 무수한 타인의 희생으로 힘을 얻으려는 그가 제대로 된 인간일 거라 생각하는 사람, 있습니까?"

레이지의 질문에 모두 침묵으로 부정했다.

"아쉽지만 교황은 교단의 수장으로, 확실하게 가면을 벗기지 않는 이상 노골적으로 적대하긴 무리입니다."

하지만 이에 대한 대응책은 이미 나와 있었다.

"가르시아 경, 그리고 베아트리체."

"말해봐요, 제이워드."

"당신은 교단에 배교자로 지목된 상태야. 이는 다르게 말하면 교단의 일을 방해하는 거 자체가 조금도 이상할 게 없다는 이야기도 돼. 가르시아 경도 마찬가지 입장이고."

"……그렇죠."

"배교자라는 단어에 너무 민감하게 반응하진 말아줘. 어차피 정치적인 문제 때문에 생긴 일이야. 아무튼, 베아트리체는 가르시아 경과 함께 교단에 맞서줘. 지금까지는 도망자의 입장이었겠지만, 앞으로는 바뀌야 해. 만일 필요하다면 가능한 선에서 내가 직접 도와주겠어."

레이지는 최근 사용한 적이 없는 검은색 철가면을 살짝 얼굴에 갖다댄 뒤 도로 탁자 위에 놓았다.

예전 대륙 전쟁 당시 툭하면 베아트리체의 태도를 비꼬던 그가 아니었다. 물론 그녀 입장에서 듣기에 거북한 말임은 분명했지만, 애당초 교단의 죄를 막기 위해 성지를 탈출한 이상 선택지는 분명했다.

"엘레노어."

"아, 난 하던 일이 있어서 마저 마쳐야 해. 미리 말해두지만 시간 회귀 마법을 계속 시도하려는 목적은 아니야."

"혹시 지하 깊숙이 있는 그것 때문이야?"

"알고 있었어?"

"아니. 단지 은은하지만 마나의 기운이 느껴져서 말해본 것뿐이야. 기대되는걸?"

"맡겨만 두라고."

어차피 아크메이지인 그녀는 단독으로 움직이게 놔두는 편이 낫다. 실력도 실력이거니와 공간 이동 마법으로 먼 거리를 자유자재로 이동할 수 있기 때문에 연락책으로도 유용하다.

"그리고 쉐스, 마리에타, 오를레앙 전하."

세 명을 동시에 부른 레이지는 잠시 망설였다.

지난 사건 때문에 쉐스를 교단이 가만히 놔둘는지 걱정이 되었다.

"전 문제없습니다."

"괜찮겠어?"

"만일 그렇게 되면 베아트리체님 쪽으로 합류하겠습니다. 전 어디까지나 베르시아님과 스승님을 위해서 싸울 뿐이지, 교단에 충성을 맹세하지 않았습니다."

쉐스의 단호한 대답은 레이지의 우려를 단번에 날려 버렸다.

"그러면 카트린느님과 마리안느님은 전하와 함께……."

쨍그렁!

창문이 박살 나는 소리와 함께 2미터 가량의 기다란 스피어가 날아와 원탁 가운데에 꽂혔다.

"우우우웁!"

품위있게 차를 들이키던 오를레앙은 아직 뜨거운 찻물을 코로 뿜어내더니 의자 뒤로 벌렁 넘어졌다.

"뭐지? 마탑 주변에는 자동적으로 마나의 장벽이 펼쳐져 있을 텐데……. 마리안느! 확인해 봐!"

"스승님! 그건 아닙니다! 정상적으로 작동 중입니다!"

"뭐? 서클 5의 장벽을 뚫었단 말이야?"

무엇보다 이 방의 위치는 10층.

지상으로부터 30미터 이상 되는 높이다. 그럼에도 방금 전 창문의 유리를 깨고 들어온 스피어의 움직임은 포물선이 아니라 직선이었다.

쨍그렁!

"히이익!"

이번에는 의자에 앉은 채로 쓰러져 있던 오를레앙의 머리를 스치며 스피어가 날아 들어왔다. 탁자 위에 있던 빈 찻잔이 카펫 위로 떨어지며 박살 나버렸다.

"이건……."

레이지는 스피어에 남아 있는 이질적인 기운에 옛 기억이 떠올랐다. 딱 한 번 봤지만 오러나 마법 그리고 신성력과 달리 마나를 근원으로 하지 않는 능력이라 유달리 기억에 남아 있었다.

"포스(Force)임이 분명해."

"포스? 마나를 이용하지 않는 능력 말이야?"

엘레노어 역시 포스의 존재를 알고 있었다. 하지만 그 둘을 제외하고는 무슨 소리인지 알아듣지 못했다.

쨍그랑! 와장창!

"안 되겠어. 여기에 있으니 귀찮아서 미치겠네."

엘레노어는 자신의 머리를 향해 날아온 두 자루의 스피어를 블링크로 피한 뒤 주문을 외웠다.

"모두 바람이나 조심해."

"바람, 말입니까?"

"곧 알게 될 거야."

주문이 끝나자 방 안에 있던 전원이 보라색 빛에 휩싸이더니 이내 모습을 감추었다.

4

엘레노어가 선택한 장소는 마탑의 옥상이었다.

모두 옥상에 모습을 드러내자마자 강렬한 바람에 그들을 맞이했다. 머리카락이 서로 뒤엉켜 시야를 가리고 망토가 바람에 실려 펄럭거렸다.

레이지는 주문을 완성하고 손가락을 튕겼다. '딱' 하는 소리와 동시에 레이지가 만들어낸 돌풍이 기존의 바람과 서로 뒤섞이더니 옥상 일대를 무풍지대로 만들었다.

"마리안느, 굳이 마나의 장벽을 펼칠 필요 없다. 네 실력으로는 무리야."

"죄송합니다."

"아냐, 저 녀석들의 공격은 기본적으로 마법과 오러를 무시하는 속성을 띄고 있어서 그래."

엘레노어는 바라보는 물체간의 거리에 비례해 시력을 증폭시키는 마법을 전원에게 걸고선 오른손으로 하늘을 가리켰다.

그러자 모두의 눈에 검은 점처럼 보이던 물체가 크게 보이면서 시야를 한 가득 메웠다.

"역시 그랬어. 이 대륙에서 포스를 쓰는 인간이라면 저 놈들밖에 없지."

무덤덤하게 반응하는 엘레노어와 달리 오를레앙과 카트린느는 난생 처음 보는 기괴한 생물체에서 눈을 뗄 수 없었다. 그러나 마리에타는 처음 보는 생물이 높이 공중에 떠서 날개를 펄럭이고 있음에도 낯설지 않았다. 그녀가 주로 사용하는 바람 계열의 고위 마법, 윈드 와이번을 작게 축소해 놓은 형태였기 때문이다.

"전하, 저건 와이번 라이더(Wyvern Rider)입니다. 페르디어스 왕국의 상징이나 마찬가지죠."

총 스무 기의 와이번 라이더가 거대한 원형의 진형을 짜고서 그 원의 중심인 마탑의 옥상 위를 내려다보고 있었다. 옥상으로부터 대각선 방향으로 200미터가 넘게 떨어져 있는 그들은 당장에라도 공격을 재개할 준비를 갖추었다.

"아, 그러고 보니 저 날고 있는 와이번 위에 한 명씩 타고 있군요. 저들이 그 와이번 라이더란 말입니까?"

말로만 듣던 와이번 라이더를 실제로 보게 되자 오를레앙은 호기심이 발동했다. 오른손을 눈썹 위에 올리고서 한 명씩 살펴보던 그를 향해 세 발의 스피어가 직선을 그리며 날아왔다.

"전하! 피하십시오!"

카트린느는 오를레앙의 앞으로 나서서 막으려고 했지만, 오를레앙은 오히려 자신이 그녀의 앞에 서더니 아르젠트를 뽑아 들었다. 그리고 검을 수직으로 세운 자세에서 스피어를 연달아 튕겨냈다. 충격 때문에 뒤로 밀려나긴 했지만 힘들어하는 기색은 전혀 없었다.

"오, 손이 짜릿짜릿한데?"

"그렇습니까?"

레이지는 프로스트 엣지를 휘둘러 자신을 향해 날아오던 스피어를 베어서 마탑 아래로 떨어뜨렸다. 직접 맞지 않도록 살짝 옆으로 피한 뒤 타이밍을 맞춰 휘두른 결과였다.

"레이지, 역시 안 보이지?"

"그 두 남매 말이야?"

두 사람은 서로를 바라보며 동시에 고개를 끄덕거렸다.

와이번 라이더들은 스피어 투척이 잘 통하지 않자 그중 다섯 기가 랜스로 무기를 바꾸고선 대각선 방향으로 급강하하며 옥상을 향해 일제히 돌격했다.

'좀 더 가까이… 지금이다!'

레이지를 중심으로 세 개의 마법진이 연달아 내려오며 겹쳤고, 프로스트 엣지의 검신에서 푸른빛이 뿜어져 나오더니 이내 백색으로 바뀌었다.

"하아앗!"

오러와 마법의 융합으로 뿜어져 나온 백색의 빛이 2미터에 달했다. 왼쪽에서 오른쪽으로 대각선을 그리며 크게 휘둘러진 레이지의 오러가 넓은 부채꼴 모양의 잔상을 남겼고, 그 잔상을 따라 뻗어나간 충격파가 동시에 달려들던 다섯 기의 와이번을 비스듬한 가로방향으로 반 토막 내버렸다.

두 조각으로 나뉘어 버린 와이번들은 잘린 부분이 얼어붙은 채 지상을 향해 추락했고, 그 와이번들을 타고 있던 와이번 라이더들은 충격파 주변을 맹렬한 속도로 휘감고 있던 날카로운 바람에 찢겨 피투성이가 되어 뒤따라 추락했다.

충격파는 계속 하늘을 향해 날아가더니 대기 중이던 와이번 라이더들을 향해 뻗어나갔다. 그들은 서둘러 산개하며 피했지만, 뒤늦게 반응한 와이번 한 마리의 왼쪽 날개가 산산이 찢겨 나갔다.

탑승 중이던 와이번 라이더는 균형을 잃고 아래로 떨어졌고, 옆에서 스피어를 들고 조준 중이던 동료가 다급히 아래로 하강해 떨어지던 와이번 라이더를 태우고 다시 상승했다.

'확실히 예전보다 강해졌어. 저렇게 먼 거리까지 충격파가 날아갈 줄이야!'

레이지는 더욱 강해진 융합의 위력을 다시 한 번 실감하며 두 번째 공격을 준비했다. 이미 한 번 매운맛을 톡톡히 본 와이번 라이더들은 방향을 틀어 레이지의 뒤쪽으로 멀리 날아가더니 엘레노어와 마리에타를 향해 스피어를 쉬지 않고 투척했다.

"하! 내가 만만해 보이나?"

엘레노어는 콧방귀를 뀌며 블링크를 연속으로 쓰면서 자신에게 퍼부어진 스피어들을 모조리 피해냈다. 마리에타는 마나의 장벽을 구현해 날아온 스피어를 옥상 아래로 튕겨내었다.

"아무래도 이놈들을…… 아니다."

엘레노어는 단 한 번에 모두 쓸어버릴까 마음먹었지만, 이내 생각을 고치더니 어깨를 맞대고 있는 마리에타의 엉덩이를 툭 건드렸다.

"꺄아!"

"전투 중인데 이까짓 일 가지고 왜 그리 놀래? 그것보다 저놈들 귀찮으니 네가 좀 수를 줄여봐."

"네? 아까 포스라는 능력은 기본적으로 마법을 무시한다고……."

"네 실력이라면 충분히 통하니 겁먹지 마! 너, 서클 6이나 되는 마법사라는 걸 잊은 거냐? 씨 서펀트 한 마리 고생해서

잡을 정도의 경험을 익혔으면서 뭘 두려워해?'

비록 레이지의 부탁 때문에 마법을 가르치긴 했지만, 마리에타는 엄연히 아크메이지인 그녀의 제자 중 한 명이다. 자만심이 생기지 않도록 엄하게 다루었지만 전투에서는 자신감을 가지고 실력을 발휘하길 바랐다.

"아, 알았어요!"

마리에타는 다급히 룬 문자를 읊으며 주문을 시전했다. 듀얼 캐스팅으로 빠르게 완성된 고위 마법, 윈드 와이번이 완성되었다. 와이번 라이더들은 마법에 휘말리지 않기 위해 산개했으나 빠른 속도로 뿜어져 나오는 윈드 와이번의 브레스를 모두 벗어나기엔 무리였다.

날카로운 돌풍과 폭넓은 반경으로 뿜어지는 브레스에 와이번 라이더들은 물론 와이번들의 몸에 깊게 베인 상처가 무수히 자리 잡았다. 그리고 지난번과 다르게 윈드 와이번의 몸체가 네 갈래로 나뉘더니 각자 작은 와이번의 형상으로 변하면서 날아갔다. 바람을 가르는 네 쌍의 날개에 베인 여섯 명의 와이번 라이더들과 와이번들이 피를 흩뿌리며 낙하했다.

그 사이 레이지는 또 한 번 융합을 시도했다. 이번에는 직선 형태로 뻗어나가던 오러가 주위를 휘감고 있는 바람의 방향에 따라 뱀처럼 꾸물거리며 와이번 라이더들의 몸을 연달아 관통했다. 순식간에 주인을 잃어버린 와이번들은 고개를 좌우로 흔들며 방황했다.

　동료들이 지상을 향해 추락하는 걸 본 와이번 라이더들의 얼굴에는 공포가 자리 잡았다. 하지만 두려움을 떨쳐 내기 위해 남은 스피어를 연이어 투척했다.

　"이번엔 전하 차례입니다."

　"제 실력으로 가능합니까?"

　"그 망할 바다뱀에게 당한 이후로 자신감이 영……."

　그렇게 말하면서도 오를레앙은 자신을 향해 연달아 날아오는 스피어들을 연속해서 튕겨냈다.

　"그랜드 마스터나 아크메이지 없이, 씨 서펀트를 다섯 명만으로 잡았다고 말하면 웬만한 국가에선 영웅 대접 받을 겁니다."

　"그렇습니까?"

　잡았을 당시엔 워낙 고생했던 터라 미처 하지 못했던 말이었다.

　"그렇다면 한번 해보겠습니다. 아르젠트여!"

　지상에서 위를 향해 솟아난 빛기둥이 빠른 속도로 올라오면서 남은 와이번 라이더들을 휘감았다.

5

레이지는 빠른 속도로 퇴각하는 와이번 라이더들을 보며 고개를 갸웃거렸다.

짧으면서도 쉽게 끝난 전투였지만 예상했던 것보다 그다지 위력적인 상대가 아니어서 이겼다는 사실 자체가 실감나지 않았다.

"약한 자들은 분명히 아닌데……. 오히려 꽤 강하다고 기억하고 있었는데 말이야."

단 한 번 제국군과 전투를 벌였지만, 대륙 전쟁 중 손꼽힐 정도로 압도적 승리를 이끈 부대가 바로 와이번 라이더들이다.

"제이워드, 저놈들이 약한 게 아니라 우리들이 강한 거야. 애초에 고작 20여 기로 여길 습격하다니, 놈들이 너무 오만했어. 팰컨이나 하다못해 트레이지아와 함께 왔어야지."

마나를 근간으로 발현되는 세 가지 능력인 오러, 마법, 신성력과 달리 포스는 마나 자체를 쓰지 않는다. 그래서 태생적으로 마나가 없는 페르디어스 왕국민들만이 포스라는 힘을 사용한다. 그 포스의 달인 중 잘 알려진 이가 남매이며 왕족이기도 한 팰컨 왕자와 트레이지아 공주이다.

그들의 전투 방식은 공중을 마음껏 날아다닐 수 있다는 공간적 이점을 살려 당연히 지상에 모여 있을 수밖에 없는 적

병력을 상공에서 내려다보는 각도로 스피어를 퍼붓고, 스피어가 모두 떨어지면 랜스로 돌격하는 형식이다.

화살이 닿지 않는 높이에서 퍼부어지는 스피어는 가히 공포나 다름없었다. 특히 포스의 영향으로 증폭된 시력과 상승된 집중력은 스피어의 명중률을 극도로 상승시켰다. 게다가 와이번의 입에서 뿜어져 나오는 브레스는 서클 5의 화염 마법에 육박했다.

"복병이라 여겼던 와이번 라이더를 상대로 이렇게 선전하다니, 희망이 보여."

레이지는 오른손 주먹을 불끈 움켜쥐었다. 그런 그의 등 뒤에 엘레노어가 안겨왔다.

"그것도 우리들 빼고 말이지?"

"일부러 그런 거야?"

"이런 놈들 상대로 우리들 도움까지 받아야 했다면 애초부터 튼 거라고."

레이지는 전투가 시작되기 직전, 엘레노어가 베아트리체와 가르시아에게 귓속말을 건네는 모습과 방금 들은 말을 떠올리며 그저 웃을 뿐이었다.

"그나저나 여기까지 베릭쿠스가 들이민 걸 보면, 널 완벽하게 내 편으로 인식한 거 같다."

"속세에 관여하지 않겠다고 내가 한 말이 어느새 과거가 되어버렸잖아? 어차피 올 놈들이었어."

"하지만 우리의 아지트가 완전히 노출되어 버린 셈이니 앞으로 다신 여기에서 못 모이겠군."

레이지의 우려에 엘레노어는 눈 하나 깜빡하지 않았다.

"내가 이런 경우 하나 예상 못했을 거라 생각해?"

그녀는 처음 옥상 위에 나타났을 때처럼 공간 이동 마법을 시전했다. 마법이 완성되기 직전, 레이지에게만 살짝 들릴 정도의 작은 목소리로 속삭였다.

"아주 맘에 들 거야."

6

공간 이동 마법이 끝나자 모두의 시야를 지배한 것은 완벽한 어둠이었다.

빛 하나 들어오지 않은 공간으로 이동하게 된 그들은 순간 당황했지만 레이지가 오른손 검지에 불을 붙여 시야를 밝히자 안도했다.

레이지는 손가락을 여기저기 움직여 어떤 공간에 있는지 확인하려 했다. 하지만 생각외로 워낙 넓은 공간이라 도대체 뭔지 추측하기 힘들었다.

대신 마탑 안에서 은은하게만 느껴졌던 마나가 이 공간 안에서 확실하게 감지되었다.

'혹시 내가 느꼈던 그것인가?'

"불 켤게."

엘레노어의 말이 끝나기 무섭게 좌우에서 하나씩 불빛이 켜지면서 옆으로 죽 이어졌다. 어둠이 언제 있었냐는 듯 금세 사라지고 대신 나타난 강한 빛에 두 눈을 질끈 감았다.

다시 눈을 떴을 때, 고개를 들어야 할 만큼 거대한 크기의 붉은색 수정구가 반 정도 바닥에 박힌 채로 자리 잡고 있는 모습이 보였다. 드러난 부분의 높이만 해도 어림잡아 3미터 정도 되었다.

아니, 단순한 수정구가 아니었다. 은은하게 마나를 발산하는 것과 달리 수정구 안에선 엄청난 양의 마나가 소용돌이치고 있었다.

"마나 코어? 크기가 엄청난데?"

"여길 처음 발견했을 때 가장 놀랐던 건 이 거대한 마나 코어 때문이었지."

레이지는 시선을 위로 올려 천장을 바라봤다. 바닥에서 천장까지 높이만 해도 5미터에 달했다. 허리를 숙여 바닥을 확인하자 난생 처음 보는 재질로 결합되어 있었다.

방 안은 세로 방향이 긴 직사각형 형태를 띠고 있다고 생각했지만, 마나 코어 건너편에 반투명한 벽이 반구 형태를 이루고 있었다. 다시 원래 있던 자리로 돌아가자 처음에 미처 발견하지 못했던 조타키를 확인했다.

"함장실이야."

"함장실? 이런 형태의 함장실은 처음 보는데?"

"보통 배가 아니니까. 밖으로 나가봐. 그러면 알게 될 거야."

옆의 난 문을 통해 갑판으로 나가자 엘레노어를 제외하고 모두의 입이 크게 벌어졌다.

배의 규모도 규모이거니와, 갑판 위에 있어야 할 돛 대신 거대한 무언가가 떠 있었다. 배 전체를 뒤덮고도 남을 만한 크기의 둥그스름한 물체가 도대체 뭔지 알 수 없었다.

"비공정이야."

"다시 한 번 말해봐. 저게 뭐라고?"

"하늘을 날 수 있는 배, 비공정."

"고대 문명의 유산 중 하나라는 그 비공정?"

바다가 아닌 하늘을 가르는 거대한 배, 비공정.

대륙 전쟁 시절 수많은 유적과 신전을 탐험했지만 유독 비공정만큼은 본 적이 없었다. 비공정의 일부 파편을 발견하긴 했지만, 그 작은 조각에서 이렇게 거대한 규모를 떠올리긴 무리였다.

비공정이라는 말에 마리에타는 화들짝 놀라며 앞으로 뽀

족하게 튀어나온 선수 쪽으로 달려갔다. 워낙 거리가 멀어서
인지 나중에는 블링크까지 연달아 쓰기까지 했다.

"대, 대단해……. 실제로 존재하다니……."

과거 고대 문명이 빛을 발하던 시절 일부 극소수 마법사들
만이 사용하던 비행 마법 말고 하늘을 날 수 있는 방법이 있
다고 전해져 왔다. 하지만 그 전설의 비공정이 이렇게 웅장한
크기의 배일 줄은 꿈에도 몰랐다.

마리안느는 비공정에 압도되어 멍하니 보다가 엘레노어를
향해 원망 섞인 눈빛을 보냈다.

"스승님, 종종 아무 말 없이 사라지실 때 바로 이곳에 계셨
군요."

"그래."

"아아……. 고대 문명의 결정체인 이곳을 이제야 가르쳐
주시다니 너무하세요."

"사실 함부로 남에게 말하기엔 위험한 물건이라 숨겨야 했
어. 하지만 앞으론 이곳에 머무르게 될 거다."

엘레노어는 마리안느의 머리를 살짝 쓰다듬어 준 후 마나
코어가 있는 함장실 안으로 들어갔다. 정신없이 구경하던 나
머지 인원들도 그녀를 따라갔다.

"언제 이 비공정을 발견한 거야?"

"사실 대륙 전쟁이 끝나기 전에 발견했어. 아마도 당시 내

가 너의 곁에 끝까지 남았다면 배 대신 이걸 타고 갔을지도 모르지."

"그렇다면 레이지로 나타났을 때 알려주지 그랬어?"

"단순히 제국 잔당들의 발악으로 끝날 일이었다면 굳이 이걸 써야 할 이유도 없었거든. 나도 일이 이렇게 커질 줄은 예상 못했지."

엘레노어는 자신의 그릇된 판단을 후회하며 마나 코어에 손을 갖다댔다.

"아쉽게도 이 비공정을 가동시키기엔 당장은 무리야. 제대로 작동시키기 위해선 이 마나 코어에 엄청난 양의 마나를 주입해야 하고, 기동하더라도 다른 매직 유저들의 도움을 받아야 하거든. 조타수 역할은 마리안느, 너에게 맡길 작정이다."

"저, 저 말입니까?"

"콜드란세에 마법적 기능을 추가해 개조했다면서? 너의 솜씨라면 믿고 맡길 수 있다고 판단해서다. 물론 조작법을 익히기엔 만만치 않으니 단단히 각오하도록."

"감사합니다!"

엘레노어가 손으로 마리안느를 지목하자 그녀는 너무나 기쁜 나머지 울먹거렸다.

"저~ 엘레노어님? 콜드란세를 디자인하고 제작까지 한 사람은 저입니다만?"

"그래서 그런 괴악한 디자인이었구나. 어차피 넌 레이지와 같이 갈 입장이니 포기해."

"이럴 수가……."

"말이 나온 김에 부탁 좀 하자. 확실히 믿을 수 있는 애들로 매직 유저 좀 조달해 올 수 있겠냐? 대여섯 명 정도면 적당해."

절망한 나머지 주저앉았던 오를레앙이 벌떡 일어섰다.

"네? 믿을 수 있는 자들이라면… 제 하녀들이 있긴 합니다. 마법도 쓸 줄 아는 애들입니다."

"그 녀석의 아들답게 집사라는 말은 죽어도 안 나오는구나. 실력은 어느 정도고?"

"최소 서클 2에서 3정도는 될 겁니다."

엘레노어는 잠시 고민하더니 고개를 살짝 끄덕거렸다.

"흐음, 기대했던 것보단 좀 떨어지지만 믿을 수 있다는 게 맘에 드는군. 그 애들 이곳으로 데리고 오도록 해라."

"네?"

"비공정이나 되는 물건을 나와 마리안느 단둘이서 조종할 수 있다고 생각하진 않았겠지?"

말을 마친 엘레노어는 레이지 곁으로 다가갔다.

그녀의 예상대로 레이지는 비공정이 지닐 여러 장점들을

떠올리며 앞으로의 계획에 큰 도움이 될 거라는 확신에 기뻐
했다.

"아까 말한 대로 지금 당장은 무리지만, 조만간 빠른 시간
내에 이걸 구동하도록 만들겠어."

"이 정도 크기면 예전의 돌격부대도 다시 부활시킬 수 있
겠어."

"물론이야, 날 믿으라고."

Chapter 53
같은 목표를 지니고서, 각자 다른 방향으로

1

"자, 그러면 시작한다?"

딱!

엘레노어가 손가락을 튕겨 소리를 내자 마탑을 둘러싸는 거대한 마법진이 빛을 발했다.

얼마 지나지 않아 1층부터 15층까지 순서대로 각 층마다 창문이 박살 나며 그 사이로 연기가 뿜어져 나왔다. 그리고 지축이 아래위로 흔들리더니 마탑을 관통하는 불기둥이 옥상을 뚫고 하늘 높이 치솟았다.

레이지는 암흑의 숲이 내려다보이는 절벽 근처에 서서 뜨거운 불길에 휩싸인 마탑에 시선을 고정시켰다. 그의 뒤로 다른 이들 역시 다소 안타까운 표정으로 빨갛게 활활 불타오르는 불길을 바라보았다.

"이걸로 끝이야."

불길에 휩싸여 타들어가는 마탑으로부터 등을 돌리는 그녀의 표정은 시원섭섭 그 자체였다.

그녀는 5년 동안 머물었던 마탑을 미련없이 파괴시켰다. 자신의 마탑이 레이지와 뜻을 함께 하는 자들이 모이는 곳으로 베릭쿠스에게 알려졌음이 분명했고, 그것을 노리고 스무 기의 와이번 라이더들이 급습했지만 실패로 돌아갔다.

마탑이 버젓이 존재하는 이상 베릭쿠스의 공격이 지속적으로 이어질 터, 아예 자신의 손으로 직접 파괴시켜 더 이상 이곳에 자신들이 없다는 표시를 하는 것이기도 했다.

대신 새로운 아지트로 지하 깊숙한 곳에 생성된 동굴을 택했다. 지상으로부터 무려 100미터 아래에 있어서 쉽게 발견되지 않고, 가동을 준비 중인 비공정을 숨기기에 제격이기도 했다.

엘레노어는 손바닥 안에 쏙 들어가는 쪽지를 쉐스와 마리에타, 마지막으로 레이지에게 건넸다.

"자, 이게 새 마법진이 그러진 약도야. 이제 공간 이동 마법을 통해서만 올 수 있으니 그 점 유의하도록 해."

"기동 암호는?"

"예전 그대로. 왠지 바꾸고 싶지 않아."

암호의 의미를 떠올린 레이지의 입에서 피식하는 웃음이 새어 나왔다.

"그런데 마나 코어에서 흘러나오는 기운 때문에 들킬 가능성이 있지 않아?"

"아까 짐을 함장실로 옮기면서 처리해 놨으니 걱정 안 해도 돼."

미리 대비했다는 그녀의 말에 레이지는 안심하고 떠날 결심을 굳혔다.

"아까도 말했다시피 난 비공정의 가동과 기능 해석에 최선을 다 할 거야. 마음 같아서는 나도 너와 함께 하고 싶지만, 내 제자가 둘이나 있으니 대신이라고 생각해 줘."

엘레노어는 두 팔을 벌려 레이지를 껴안았다. 레이지는 두 눈을 지그시 감더니 자신의 가슴에 얼굴을 기대고 있는 그녀의 머리를 살며시 쓰다듬어 주었다. 엘레노어는 두 손으로 강하게 레이지의 등을 붙들었다.

"그리고… 절대로 죽지 마."

한 번 시간 회귀로 되돌려진 시간대를 살아가는 이상, 영혼전이 마법까지 사용한 레이지가 죽는다면 그 어떤 방식으로도 그를 되살리는 건 불가능하다. 사자 부활 마법이라는 수단은 오히려 쓰지 않는 것보다 못하다.

"난 불멸이라고. 원하는 바를 이루기 전까진 절대 죽지 않아. 날 믿어."

"그러면······."

엘레노어는 눈가에 살짝 맺힌 눈물을 닦아내고는 공간 이동 마법으로 사라졌다. 그 사이 완전히 불타 버린 마탑이 서서히 내려앉으며 주변에 먼지를 퍼뜨렸다.

엘레노어가 떠나자 레이지는 고개를 옆으로 돌렸다. 베아트리체와 함께 떠나기로 한 가르시아가 침묵을 지키며 레이지를 바라보고 있었다.

"가르시아 경, 전 솔직히 당신에 대해 잘 알지 못합니다."

그건 가르시아도 마찬가지였다.

하지만 만난 지 고작 하루밖에 안 되는 두 남자는 몇 년 이상 함께 지내며 많은 것을 주고받은 사이처럼 보였다.

"하지만 이것 하나만큼은 약속할 수 있습니다."

벌써 몇 년 전의 일임에도 마지막 생명을 쏟아내며 검을 뽑아 들던 데릭의 모습이 레이지의 시야 너머에서 생생하게 떠올랐다.

"절 위해 데릭의 고귀한 생명이 신의 품에 안겼습니다. 전 그런 결과를 다시 반복하고픈 마음은 눈곱만큼도 없습니다. 그 어떤 고난이 닥치더라도, 내 목숨이 다하더라도 데릭의 동생인 당신만큼은 반드시 지켜낼 것입니다."

앞서 엘레노어에게 했던 말과 모순되는 각오가 레이지의 입에서 흘러나왔다. 하지만 그 누구도 지적하지 않았고, 지적할 수도 없었다.

"베르시아님의 가호가 여러분들과 함께하길……."

베아트리체는 성호를 그으며 모두의 앞길을 축복했고, 레이지를 향해 고개를 살짝 숙인 뒤 뒤돌아섰다. 그녀의 뒤를 가르시아가 아무 말 없이 따라 같이 걸어갔다.

"그러면 저희들도 가도록 합시다."

레이지와 오를레앙, 그리고 마리에타는 정차시켜 놨던 마차 콜드란세에 순서대로 올라탔다. 카트린느가 마부석에 올라서자 남아 있는 자는 쉐스 혼자뿐이었다.

"……."

그는 목에 걸린 로자리오를 꺼내 오른손에 쥐었다.

끝내 붙잡지 못한 세리타를 다시금 떠올리면서 성호를 그었다. 지금 그가 기댈 수 있는 건 신의 가호뿐이었다.

쉐스가 오지 않자 마리에타는 마차의 창문 밖으로 고개를 살짝 내밀며 걱정스러운 눈초리로 바라보았다. 오를레앙이 일어서서 직접 데리고 올까 생각했지만 그건 아닌 것 같다고 생각해 도로 앉았다.

"기다리게 해서 죄송합니다."

　　　　　*　　　*　　　*

　수풀 사이로 통하는 길을 따라 멀어져 가는 콜드란세를 가르시아는 묵묵히 바라보고 있었다.

　그가 선택한 방향은 교단으로 향하는 서쪽이었지만 시선은 레이지가 떠난 동쪽으로 고정되어 있었다.

　"가르시아 경, 역시 말하는 편이 낫지 않았을까요?"

　"아닙니다."

　가르시아는 조금의 망설임도 없이 고개를 가로저었지만, 그런 그를 뒤에서 바라보는 베아트리체의 표정에는 그림자가 드리워져 있었다.

　"지금 흘러가는 시간이 시간 회귀 마법으로 되돌려진 시간대라는 사실과, 교황 안드레아가 그 마법을 시전했다는 추측만으로도 전 만족합니다."

　중대한 결정을 내리는 데 있어서 너무나 불확정적인 요소는 배제해야 마땅하다. 지금의 정황으로는 굳이 '그 이야기'를 레이지에게 할 필요가 없었다.

　가르시아는 두 눈을 감고서 수십, 수백 번이 넘게 반복해서 보아온 환상을 떠올렸다.

　'만일 그 환상이 진실이라면… 나야말로 빚을 진 겁니다.

처음부터 교황에 대해서 의심을 가지고 행동할 수 있었으니까. 바로 당신의 스승 덕분에.'

진실은 항상 드러나야만 올바른 것이 아니다. 필요에 의해 어느 한쪽은 숨기고 말해야 하는 상황은 반드시 오는 법이다.

그럼에도 가르시아의 마음은 여전히 무겁기만 했다.

그는 오른손을 들어 성호를 그으려다가 도중에 관두었다. 대신 오랫동안 입에 담지 않았던 신의 이름을 나지막하게 읊었다.

"베르시아님이시여… 용서하소서."

2

어두침침한 조명 아래 음침한 분위기를 자아내는 지하실.

"여긴……."

깊은 잠에서 깨어난 남성이 천천히 상체를 일으켰다.

자리에서 일어선 그는 천장을 향해 고개를 든 뒤에 시선을 내려 주변을 살펴보았다. 특이하게도 그가 누워 있던 장소는 반투명한 유리관이었다. 그리고 그 양옆으로 같은 모양의 유리관이 나란히 놓여 있었다.

30대 중반으로 보이는 그는 짧게 자른 금발머리를 쓰다듬으며 얼굴을 살짝 찡그렸다. 잠에서 깨어나기 전의 기억이 떠올랐기 때문이다.

"난 분명히 그때……."

그가 쓰러지기 전 있었던 장소는 전쟁터였다. 당시 가장 격렬하게 제국에 저항하던 국가인 발렌시아 왕국군과의 전투에 참여 중이었다.

그는 가슴 위를 손으로 더듬었다.

거의 다 이겼다고 확신한 순간, 상대 마법사의 얼음창으로 관통당해 뻥 뚫려 버렸던 가슴에는 상처는커녕 흉터 하나 찾아볼 수 없었다.

"그래, 제이워드였어. 제이워드 M. 만델!"

그는 고통으로 희미해지는 시야 속에서 마지막으로 봤던 남자의 얼굴을 떠올리며 이를 갈았다. 자신보다 한 단계 낮은 서클임에도 거의 동등하게 맞서 싸웠고, 기억이 틀리지 않는다면 쓰러진 쪽은 분명이 제이워드가 아닌 그였다.

"오오, 페일! 드디어 깨어났느냐!"

"아버님?"

크루디아 제국 출신의 서클 6 마법사, 페일 M. 젤킨스는 방문을 열고 들어온 아버지 바르가스를 넌지시 바라보았다.

"아버님이 맞습니까?"

그가 기억하고 있는 아버지의 얼굴과는 차이가 분명했다. 더 정확히 표현하면, 순식간에 10년 정도 확 늙어버린 느낌이었다.

"너라면 반드시 일어날 거라 생각했지만, 막상 이렇게 성공한 모습을 보니 기쁘구나!"

"그렇게 기쁘십니까?"

그다지 좋은 부자관계가 아니었던 터라 페일은 퉁명스럽게 반응했다. 지금 중요한 건 아버지 '따위' 와의 대화가 아니었다.

"어떻게 되었습니까? 설마 그 전투, 결국 패배한 겁니까?"

"그때 그 전투? 끝난 지 한참 되었다. 무엇보다 크루디아 제국은 이미 사라졌다."

"네?"

전혀 예상치 못한 대답에 페일은 어이가 없었다. 농담치고는 너무 질이 낮았다.

"무슨 소리입니까? 벌써 전쟁이 끝난 겁니까? 설마, 크루디아 제국이 패배한 겁니까?"

시기상 도저히 성립될 수 없는 말이었다. 비록 반 제국 세력의 강경한 저항에 막혀 밀고 밀리는 격전을 반복하고 있는 게 사실이긴 했다. 그렇다 해도 대륙의 반 이상을 지배하고 있던 크루디아 제국이 그렇게 빨리 몰락할 리 만무했다.

"혹시 제가 얼마나 누워 있었습니까?"

생각해 보니 페일이 입은 부상은 죽었다 생각해도 무방할 정도로 심각했다. 1개월 혹은 그 이상의 시간이 흘렀다고 가정해 봤지만, 아버지의 말이 거짓이라는 점은 변함없었다.

"벌써 10년, 아니, 그 이상이 흘렀을 거다."

"제가 그렇게 오래 누워 있었단 말입니까? 그게 말이 됩니까?"

"간단히 말해 널 되살린 거다."

"그게 무슨 소리입니까?"

이야기가 진행될수록 페일 입장에서 더욱더 납득하기 힘든 말만이 바르가스의 입에서 흘러나왔다.

노골적으로 짜증 섞인 얼굴로 자신을 바라보는 아들을 향해 바르가스는 쾌조의 미소를 지었다.

'이렇게 완벽에 가깝게 성공할 줄은 몰랐어. 이 녀석에게만 특별히 공을 들인 덕을 톡톡히 봤군.'

이제까지 사자 부활 마법으로 되살린 자들은 하루에 기동시킬 수 있는 시간의 한계, 총 기동 시간 자체의 제한이라는 단점을 극복할 수 없었다.

무엇보다도 보통의 인간처럼 행동하고 사고하도록 만들기 매우 까다로웠다. 포트란의 경우가 가장 극단적인 실패 사례였다.

하지만 여러 차례의 시행 착오를 거친 결과, 페일에 이르러서는 거의 완벽에 가까운 성공을 이루었다. 과거 자신에게 거침없이 독설을 퍼붓고 반감을 드러내던 모습과 지금 눈앞에 있는 아들의 느낌은 거의 동일했다.

"어차피 믿게 될 거다."

"참 대단하시군요. 죽은 저를 살리다니, 신이라도 되신 겁니까?"

하지만 페일은 아버지의 말을 곧이곧대로 믿지 않았다. 아들인 자신에게 질투할 정도로 속 좁은 남자 따위 애당초 아버지로 여기지도 않았지만.

"듣다 보니 진짜로 웃음밖에 안 나오는군요. 또 다른 서클 0의 마법이라도 발견된 겁니까?"

"서클 0?"

처음 들어보는 단어였다.

그럼에도 듣는 순간, 본능적으로 바르가스의 호기심을 강렬하게 자극했다.

"이 아비에게 좀 더 자세히 설명해 줄 수 있겠느냐?"

3

베르시아 신성력 1394년 11월 6일.

베르시아 교단의 성지 바르디아에는 남들에게 알려지지

않은 은밀한 곳이 존재한다. 그중 하나가 절대 드러나서는 안되는 교단의 치부 중 하나인, 베르시아 대성당 지하에 위치한 시체 해부실이다.

하지만 127대 교황의 명령으로 교단 내 암암리에 행해지던 시체 해부가 전면 금지되었다. 해부실로 통하던 문에는 자물쇠가 굳게 채워졌다.

그러나 그 문이 활짝 열린 채 내부를 적나라하게 드러내고 있었다. 걸려 있던 자물쇠가 마치 종이처럼 너덜너덜하게 찢겨 나간 채 문고리에 매달려 있었다.

해부실의 정중앙에 지하 깊숙이 통하는 계단이 길게 이어져 있었고, 누구의 것인지 알 수 없는 핏자국이 계단 곳곳에 남아 있었다.

역대 세이지 중 유일하게 서클 7의 경지에 도달한 안드레아 S. 코르세는 널찍한 지하 강당 정가운데에 홀로 서 있었다. 그의 옆에는 방금 전까지만 하더라도 127대 교황이었던 자의 시체가 피에 뒤범벅이 되어 쓰러져 있었다.

이 지하 강당이 세워진 목적은 성지를 이교도들로부터 보호하기 위한 방어 시설의 조작실로, 안드레아를 중심으로 정육면체의 점을 이루는 위치에 놓여 있는 거대한 마나 코어에 내장된 마나를 원동력으로 쓴다.

「좋아, 준비는 끝났어.」

각각 지름 5미터 가량의 규모를 자랑하는 여섯 개의 마나 코어 주위를 피로 그려진 마법진이 둘러싸고 있었다. 그는 더 이상 필요가 없어진 교황의 시체를 한손으로 집어 들더니 뒤로 휙 내던졌다.

그토록 고대하던 마법을 시전하려던 안드레아는 룬 문자를 읊던 입을 다물고서 고개를 뒤로 돌렸다.

'쾅' 하는 폭발음과 함께 문이 열리면서 함께 굳은 표정의 남녀가 하나둘 씩 강당 안으로 들어왔다.

「호오, 쟁쟁한 인간들이 죄다 모였군그래?」

안드레아는 뒷짐을 지고서 천천히 앞으로 걸어나왔다.

자신을 적의 어린 눈빛으로 바라보는 네 명의 남녀 앞에 안드레아는 여유로운 미소를 지었다.

「그대는 헬리오스 경이 아닌가? 오래간만이로군.」

크루디아 제국의 그랜드 마스터 헬리오스 A. 레이오드는 말 대신 양손에 쥔 검을 비스듬히 앞으로 내밀었다. 검신을 둘러싼 강렬한 오러가 찬란한 빛을 뿜어냈다.

「샤를로트, 그대는 끝끝내 나의 앞을 가로막는군.」

크루디아 제국 황실의 핏줄을 물려받은 그녀, 샤를로트 M. 크루디아는 비명에 간 수제자를 위해 무려 20년이라는 시간을 '복수'라는 신념 하나로 살아왔다.

「그대의 어린 제자가 죽은 건 안타깝게 생각한다네. 하지만 대의를 위한 희생은 어디에나 있는 법 아닌가?」

「희생?」

샤를로트는 오른손으로 가슴을 움켜쥐고 부들부들 떨기 시작했다. 그 어떤 단어보다 희생이라는 말처럼 제자의 죽음을 모독하는 것은 없었다.

「희생이라고… 말했나?」

역설적이게도 죽은 제자의 복수를 위한 집념은 그녀를 마법사의 최고봉, 아크메이지의 경지에 도달하게 이끌었다. 황위 계승권에서도 그리 멀지 않았던 그녀는 황궁을 제 발로 떠나 다시 돌아올 수 없는 제자를 위해 모든 것을 바쳤다.

「그 애는… 제이워드는! 소중한 나의 제자였어! 그 어떤 것과도 바꿀 수 없었던 그 애를…… 네놈이!」

하지만 그녀의 분노는 안드레아의 즐거움을 더해줄 뿐이었다. 그 즐거움을 배가시키기 위해 안드레아는 그녀의 왼쪽에 서 있는 노인을 바라보았다.

「펠튼, 그렇게 손녀딸의 죽음이 슬펐는가? 그대라면 나의 깊은 뜻을 헤아려 줄 줄 알았건만…….」

「닥쳐라! 내 손녀의… 안젤라의 죽음을 모독하지 마라!」

무려 30년이라는 긴 시간 동안 아크메이지로 활약했던 펠튼 M. 포르테는 손녀딸 안젤라가 안드레아의 음모에 의해 살해됨을 알고 샤를로트와 함께 이곳에 왔다. 어릴 적부터 마법적 소질이 다분했던 손녀딸의 죽음은 은퇴를 결심했던 노마법사를 다시 일어서게 만들었다.

「가르시아 경, 여전히 그대는 교단의 충실한 개로 살아가고 있군.」

「이 순간만큼은 베르시아님의 검이 아닌, 먼저 신의 품에 안긴 형의… 검으로서! 당신을 처단할 것이다!」

성당기사단의 단장인 가르시아 T. 하이젤부르크는 성검 디바인세이버(Divine Saber)를 양손에 쥐고서 수직으로 세워 들었다.

그들은 오직 단 한 명, 안드레아를 향한 적의를 불태우고 있었다. 그러나 정작 안드레아는 싸울 생각조차 없었다.

「하지만 난 그대들이 없는 곳으로 떠날 작정이야. 유감스럽게 되었군.」

「무슨 소리지?」

「서클 0의 마법, 시간 회귀 마법.」

「……!」

그의 말에 샤를로트와 펠튼의 동작이 멈추었다.

「아크메이지가 두 명씩이나 있으니 무슨 소리인지 알겠지?」

「진짜로 그 주문을?」

실제 존재 여부조차 불분명한 주문인 서클 0에 대하 스스

럼없이 말하는 안드레아를 바라보며 샤를로트는 경악했다.

「여유가 있다면 천천히 설명해 주고 싶지만, 아쉬울 따름이야.」

순간 안드레아를 중심으로 강렬한 빛이 바닥을 타고 빠르게 퍼져 나갔다. 널찍한 강당 전체를 메울 정도로 거대한 침묵지대 속에 네 명의 남녀는 다급히 공격을 준비했다.

하지만 뒤이어 이어진 안드레아의 주문에 의해 그들은 강력한 압박감에 짓눌려 바닥에 쓰러졌다. 몸 전체를 찍어누르는 듯한 압력에 모두의 입에선 피가 흘러나왔고 대리석 바닥에 금이 쫙쫙 갈라졌다.

「날 죽일 작정이었다면 보자마자 덤볐어야지. 내가 아무런 준비도 없이 여기에 홀로 있을 거라 착각했다면 유감이야.」

「크윽! 안드레아!」

「하긴, 20년이 넘게 나 하나만을 노리고 쫓아왔을 텐데 보자마자 죽여 버린다면 그것만큼 허망한 복수가 어디 있겠어? 그동안 쌓인 울분을 터뜨리며 증오를 발산하고픈 그 마음, 이해해.」

「이… 말도 안 되는 위력의 침묵은… 도대체…….」

「아, 모르고 있었나? 난 3년 전에 이미 홀리 클래스 7에 도달했지. 아크메이지의 마법 따윈 내 침묵지대 안에선 통하지 않아.」

안드레아는 애초에 모든 마나를 퍼부을 작정으로 마법을 구현했다. 어차피 시간 회귀 마법은 여섯 개의 마나 코어로 구동되기에 아무런 문제가 없었다.

「그런… 쿨럭!」

샤를로트는 고통을 이기지 못하고 피를 토해냈다.

상대의 역량을 제대로 파악하지 못한, 단 한 번의 실수 때문에 모든 게 물거품이 되어버리기 직전이었다.

「이대로 끝날 수… 없어…….」

아무것도 하지 못하고 안드레아가 과거로 도망치는 걸 보고만 있을 수 없었다. 샤를로트는 아랫입술을 강하게 깨물며 천천히 몸을 일으켰다.

「호오? 침묵은 둘째 치고 압박을 버텨내고 움직일 수 있다니……. 과연 대단해. 괜히 아크메이지가 아니었던 게로군. 너무나 훌륭해서 절로 박수가 나와.」

하지만 단지 마나로 몸을 감싸 걸어갈 정도로 보호하는 수준에 불과했다. 그녀는 비틀거리며 일어선 뒤 동료들의 상태를 확인해 보았다. 헬리오스와 펠튼은 강한 압박에 일어서지 못하고 엎드린 채 고통 속에서 몸부림치고 있었다.

가르시아 역시 쓰러져 있기는 마찬가지였지만 남은 힘을 다해 오른손으로 디바인세이버를 강하게 움켜쥐고 있었다.

샤를로트는 한 걸음씩 힘겹게 가르시아를 향해 다가갔다.

여전히 계속되는 압박에 코와 입, 귀에서 피가 철철 흘러내렸다. 눈동자의 실핏줄마저 터져 버리자 시야가 빨갛게 변해 버렸다.

결국 그녀는 더 이상 걷지 못하고 앞으로 풀썩 쓰러졌다. 하지만 가르시아를 향해 내민 오른팔이 간신히 그의 몸에 닿았다.

「이 사실을… 잊지 않고 기억해야 해……. 다시 그 아이가 죽는 과거로 돌아가고 싶지 않아…….」

「샤를로트… 님.」

그녀는 남아 있는 모든 마나를 가르시아에게 전달했다. 그녀의 오른손이 강렬한 빛에 휩싸였고 그 빛은 가르시아의 몸을 타고 오른팔을 지나 디바인세이버에 도달했다.

그러자 그의 몸을 짓누르고 있던 압박에서 벗어나 오른쪽 무릎을 세울 수 있었다. 시간이 흐르면서 샤를로트의 마나가 온몸에 퍼지면서 뻣뻣했던 동작이 천천히 빨라졌다.

「안드레아아아!」

가르시아는 눈부시게 빛나는 디바인세이버를 들고 앞으로 달려나갔다. 그리고 높이 도약했다.

「안타깝게 되었군, 가르시아 경.」

그러나 안드레아의 입가에 승리의 미소가 떠올랐다.

양손에 쥐고 머리 위로 들어 올린 디바인세이버가 더 이상 앞으로 나가지 못하고 안드레아의 코앞에서 멈추었다. 마나 코어가 일시에 빛을 발하면서 시간 회귀 마법이 진행되었고, 시간은 앞이 아닌 뒤를 향해 돌아가기 시작했다.

4

베르시아 신성력 1393년 11월 6일.

"또 그때가……."

베르시아 교단의 교황 안드레아 H. 코르세는 얼굴에 손바닥을 가져가 땀을 훔쳐 냈다.

당시에는 마지막 순간까지 웃고 있었지만, 샤를로트의 마나가 가르시아에게 새로운 힘을 선사했을 땐 아찔한 기분이 들었다.

그는 침대 옆 탁자로 걸어가 유리잔에 물을 따르고 벌컥벌컥 들이켰다. 석 잔이나 연거푸 물을 마셔서 배는 불렀지만 갈증만큼은 여전히 사라지지 않고 찝찝하게 남아 있었다.

"그래 봤자 어차피 꿈이야."

그가 꾼 꿈은 다시 등장할 수 없는 미래임과 동시에 과거이기도 했다.

시간을 되돌리기 전의 그는 독실한 성직자이자 마법에도

능통한 세이지로 많은 이들의 존경을 받고 있었다. 교단은 그의 능력을 인정해 고대 신전의 탐사를 지휘하는 역할에 임명했다.

그런 그가 변한 시점은, 그 누구에게도 발견된 적이 없는 한 장의 서판을 손에 쥐었을 때부터였다.

시간을 거스르고,

다른 육체로의 삶을 살며,

다른 세상의 존재를 불러내는 자가 되어라.

성스러운 희생을 통해 그대의 몸에 네 가지의 힘이 머무르게 된다면, 인간의 범주를 벗어나 존재 그 자체가 되리라.

이는 거룩하고 위대한 분으로 향하는 길이리.

'거룩하고 위대한' 이라는 수식어는 안드레아를 순식간에 사로잡았다. 오랜 시간 동안의 연구 끝에 이 서판이 의미하는 바가 '신(神)' 이라는 결론에 도달했다. 그리고 이와 관련하여 서클 7을 넘어서는 서클 0의 마법이 필수적이라는 것까지 알아냈다.

그는 결국 믿는 자가 아닌 믿음을 받는 자가 되는 걸 선택했다.

아쉽게도 '신' 이 될 수 있는 방법을 발견한 시점이 너무 늦었다. 당시 나이는 아직 30대에 불과했지만, 첫 번째 수단을 구현하는 데에만 최소 20년을 바라봐야 했다. 그리고 모든 과정을 거치기 위해서는 단 한 번의 일생과 시간 속에서 사는 것만으로 이룰 수 없는 일이라는 걸 알아챘다.

그러나 너무 앞만 보며 목적만을 향해 수단을 가리지 않았던 탓이었을까. 그는 어느새 많은 이들의 분노와 눈물, 그리고 원한을 사게 되었다. 그럼에도 신으로 향하는 첫걸음인, 시간 회귀 마법에 성공하여 40년에 가까운 시간 전으로 되돌아갔다.

안드레아는 앞으로의 미래를 알 수 있다는 점을 십분 활용해 신으로 향하는 길을 차근차근 진행했다.

예전의 시간과 달리 교단 내에서의 정치적 입지를 확고히 다졌고, 당시 그의 앞을 가로막았던 자들은 새롭게 쓰여진 역사 속에서 사라지거나 원래보다 약한 힘을 가지게 되었다. 이는 원래 역사상에 존재하지 않았던 프라디나스 대륙 전쟁을 이끌어내기에 이르렀다.

"그것만으로 모든 게 해결되었다면 좋으련만……."

문제는 앞서 진행될 미래를 알고 있다는 걸 계속 이용하기가 점점 힘들어졌다는 점이다.

신이 아닌 인간인 이상 그가 세상의 흐름에 관여할 수 있는 것은 일정 부분에 불과했다. 결정적으로 전 시간대에 존재하지 않았던 대륙 전쟁이라는 큰 흐름을 몰래 주도한 이후, 역사는 전 시간대에 그가 거쳐 갔던 진행과 완전히 다른 방향으로 비틀어져 버렸다. 결과적으로 대륙 전쟁이 끝난 이후, 미래를 예측할 수 있었다는 장점은 거의 퇴색되어 버렸다. 그로 인해 전혀 예상하지 못했던 변수가 튀어나오기도 했다.

그것이 바로, 제이워드의 숨겨진 제자라 알려진 레이지의 갑작스러운 등장이었다.

"샤를로트, 제이워드, 그리고 레이지……."

전 시간대에서 가장 집요하게 자신을 방해했던 그녀를 안드레아는 결코 잊지 않았다.

대륙 전쟁을 통해 샤를로트가 죽었고, 대신 두각을 드러낸 제이워드는 반 제국 세력을 이용해 암살했다. 당연히 그의 제자라 여겨졌던 칸나는 자질 자체가 걱정할 정도는 아니어서 반대로 이용할 목적으로 살려두었다. 그랬음에도 결국 레이지라는 변수가 튀어나와 버렸다.

'그래도 아직까지 나의 우세는 변하지 않아.'

그는 잃어버린 장점에 집착하는 대신 교황이라는 자신의 지위를 최대한 활용했다. 특히 서클 0의 존재 자체를 최대한 알리지 않기 위해 힘썼다. 고대 유적 발굴이라는 명분하에 수많은 성직자들을 동원하여 탐사를 지시했고, 발굴품 중 조금이라도 서클 0과 관련된 것들은 철저히 파괴했다. 서클 0에 대한 서적은 교단의 이름으로 금서로 지정하여 수거하고 불태웠다.

물론 이런 행동이 서클 0의 존재 자체를 지우기엔 불가능했다. 하지만 그것에 대해 아는 이들을 극소수로 한정시켰고, 혹시라도 아는 자들이 발견된다면 쥐도 새도 모르게 암살했다.

'역시 가르시아를 재빨리 죽여야 했어.'

변수가 아닌 실수를 안드레아는 곱씹었다.

교단 입장에선 배교자로 몰릴 수밖에 없는 행동을 가르시아 스스로 했고, 버서커가 된 이상 그냥 가두어 놓는 것만으로도 자멸할 게 뻔했다. 그러나 가급적 정식 절차를 거쳐 처리하려고 놔둔 것이 화근이 되어버렸다. 의혹을 받더라도 무리하지 않았던 것이 못내 아쉬웠다.

'하지만 괜찮아. 준비 과정은 모두 마쳤으니까. 무엇보다 내가 진짜 신이 되려 한다고 믿는 이들이 누가 있겠어?'

안드레아를 적대시했던 이들은 그가 강력한 힘을 손에 넣어 전 대륙을 교황령으로 만들려는 야심가로 인식했고, 이는 안드레아 본인이 의도한 바이기도 했다. 대륙 전쟁 막바지에 제국을 향해 선전포고한 이유도 이제까지의 여타 야심가들과 마찬가지로 보이기 위해서였다.

"오늘로서… 1393년 11월 6일이 되었군."

이는 예전 시간대에서 시간 회귀를 했던 때로부터 역사상의 1년 전을 의미했다. 다시 말해서 앞으로 1년 동안은 그 누구에 의해서도 시간이 되돌려질 가능성은 없다는 의미이다.

"앞으로 1년, 너무나 기대돼."

여러 변수와 실수가 여전히 존재했지만, 모든 일에는 위험을 동반하는 법이다.

어차피 완벽한 인간이란 존재할 수 없는 법이다.

그렇기에 그는 신이 되려는 것이다.

그렇게 언젠가 신이 될 기대감에 부풀어 있는 그의 귀에 노크 소리가 들렸다.

"누구냐?"

"제이콥스입니다, 예하."

"들어오도록."

오늘따라 유달리 피곤함을 느꼈던 안드레아는 평소보다 일찍 잠자리에 들었고, 미처 제이콥스의 일일보고를 받지 못했다.

"그래, 오늘만큼은 좋은 소식을 가지고 왔겠지?"

인자한 성직자의 미소 너머엔 두 배교자 가르시아와 베아트리체에 대한 분노가 끓어올랐다.

"예하, 유감스럽게도 아직 그들의 행방은……."

"아직도 그놈들을 붙잡지 못했나?"

"소, 송구스러울 따름입니다."

베릭쿠스를 통해 안드레아가 가장 최근에 입수한 정보에 따르면, 두 배교자가 성지를 향해 이동 중이라고 밝혀졌다. 당연히 안드레아는 성지 전역에 대해 삼엄한 경계를 지시했지만, 두 사람의 구체적인 위치는 여전히 오리무중이었다.

"현재 성지에 대기 중인 성당기사단원 전원을 내보내 교황령 모든 곳을 수색하도록! 배교자인 그들이 성스러운 땅 그 어디에도 발붙이는 걸 용납해서는 안 된다!"

5

"……."

레이지는 끝이 보이지 않는 넓은 평원을 바라보며 생각에 잠겼다.

이제는 사라진 엘레노어의 마탑을 떠난 지도 어느덧 일주일이 흘렀다. 현재 콜드란세가 향하고 있는 곳은 메디앙 왕국령으로, 3일 정도 더 달려가면 국경선에 도착할 예정이다.

"레이지, 엘레노어님 생각하는 중이에요?"

옆자리에 앉아 있던 마리에타가 불쑥 얼굴을 내밀며 말을 걸었다. 레이지는 건너편에 앉아 있는 오를레앙을 흘낏 바라보았다.

"저는 전하와 달리 여자 생각만 하진 않습니다."

"저는 반대로 레이지님께서 여자 생각 좀 하셨으면 합니다만. 하하하!"

참으로 오래간만에 들어보는 오를레앙의 웃음소리에 가라앉아 있었던 마차 안 분위기가 활기차게 변했다. 물론 쉐스는 평소와 다를 바 없이 홀로 침묵을 고수했지만.

"아참, 엘레노어가 부탁한 일은 잘 처리하셨습니까?"

"아마 지금쯤 제가 보낸 서한이 왕궁에 도착했을 겁니다. 쩝, 나의 아름다운 장미들을 그렇게 어두컴컴한 곳에 보내긴 좀 그런데⋯⋯."

"그 장미라는 말 진짜 간만에 들어본 기분입니다?"

오를레앙의 입에 툭하면 거론되던 단어가 오래간만에 언급되자 왠지 그리움이 느껴질 정도였다.

"한동안 꽤 정신없지 않았습니까? 거의 한 달 동안 굉장한 상대만 만나기도 했고, 이곳저곳 왔다갔다 오간 거리만 감안해도⋯ 꽤 되는군요."

레이지는 근 한 달 가까이 되는 시간 동안 적으로 상대한 이들을 하나씩 떠올렸다.

나르디안과의 전투는 결말을 내지 못해 여전히 아쉬웠다. 헤스자 유적에서 만난 칸나는 굳이 죽일 필요성조차 느끼지 못했고, 대륙 전쟁 당시 실력자로 알려진 퓨리언이 과연 다음 번 만날 땐 적으로 등장할지 궁금해졌다.

포트란의 존재로 인해 예전에 상대했던 적들이 다시 나타날 수 있다는 우려도 잊지 않았다. 와이번 라이더들과의 전투에선 오히려 자신감을 잔뜩 얻었다.

"생각해 보니 저희들이 가장 고생한 상대는 인간이 아니라 씨 서펀트였군요."

"그, 그 이야기는 그만!"

오를레앙은 손사래를 치더니 아예 두 손으로 양쪽 귀를 틀어막았다. 크라켄 따위와는 비교도 안 될 정도의 공포가 그를 사로잡았다.

오를레앙의 익살스러운 행동에 마음 편히 웃음을 터뜨린 레이지는 언제 그랬냐는 듯 차가운 얼굴로 창문 쪽으로 고개를 돌렸다.

남들과 이야기를 하며 떨쳐 내려고 노력했지만 뭔가 막혀 뚫리지 않는 기분은 어쩔 수 없었다.

'역시 가르시아 경과 이야기를 좀 더 해볼 걸 그랬어. 나에게 하고픈 말이 있었다고 느껴지기도 했고, 뭔가 숨기고 있다는 기분을 지우기 힘들어.'

베릭쿠스와 교단과의 연계.

시간 회귀 마법과 교황 안드레아.

그리고 뭔가를 숨기고 떠난 가르시아.

거기에 고대 문명의 유산인 비공정까지 합하니 아무리 레이지라고 해도 머리가 복잡해지는 걸 피하기에 무리였다. 정작 자신을 죽였던 나르디안과의 악연이 지금 와서는 가장 희미해져 버렸다.

6

레이지 일행이 타고 있는 콜드란세를 하늘 저 멀리에서 따라가는 이가 있었다.

지상으로부터 500미터 높이의 상공에서 검은색 와이번에 타고 있는 그녀는 먼 거리임에도 콜드란세 안에 탄 이들의 능력을 파악 중이었다.

'서클 6의 마법사가 한 명, 랭크 6와 5의 오러 유저가 각각 한 명씩⋯⋯. 게다가 워락에 세이지까지.'

그랜드 마스터나 아크메이지와 같이 한 분야에서 극에 달한 자들은 없었지만 개개인 모두 만만히 볼 상대는 결코 아니었다. 특히나 듀얼 클래스가 두 명이나 있다는 사실을 감안한다면, 20기가 아닌 최소 50에서 많게는 100기의 와이번 라이더들을 투입했어야 했다.

'아니야. 지금 저기엔 없지만 마탑의 주인이 아크메이지 엘레노어라는 점을 감안했다면 애당초 내가 가진 부하들 수로는 불가능했어. 내가 직접 참여했더라도 벅찼음이 분명해. 그럼에도 오라버니는 왜 나에게 그런 명령을……'

와이번 라이더 트레이지아는 옛날과 달리 자신을 경계하는 팰컨이 두려움과 동시에 서운함을 느꼈다.

잠시 후 또 한 기의 와이번 라이더가 바람을 가르며 트레이지아가 타고 있는 와이번을 향해 다가왔다.

"레니인가"

"네, 공주님."

트레이지아는 스피어의 뾰족한 날 끝으로 도로 위를 질주 중인 콜드란세를 가리켰다. 워낙 먼 거리였지만 레니는 순간적으로 시력을 증폭시켜 콜드란세의 위치를 파악했다.

"저 마차를 추적해라. 단, 절대 들키지 않도록 지금 높이를 유지하면서 이동하도록. 저들의 실력은 상상을 초월한다. 상대가 먼저 공격해 오더라도 절대 대응하지 말고 무사히 퇴각하는 걸 최우선으로 삼아라."

"공주님의 명대로 따르겠습니다."

"우리들은 어디까지나 불투명한 미래를 밝히기 위해 싸우는 것이지, 무의미하게 희생하려고 무기를 든 게 아니다."

"명심하겠습니다."

지시를 마친 트레이지아는 와이번의 등에 걸쳐져 있던 고삐를 붙들고 살짝 내려쳤다.

　그러자 검은색 와이번이 머리를 위로 치켜들더니 크게 입을 벌렸다. 그리고 날개를 펄럭이며 북쪽으로 방향을 틀었다.

　트레이지아는 두 눈 위를 덮고 있는 붉은색 띠를 매만지며 상체를 숙였다. 와이번의 기다란 목에 그녀의 몸이 거의 수평에 가깝게 기울어지자 하늘을 가르는 속도가 점차 빨라졌다.

　엄청난 속도로 멀어져 간 그녀는 레니의 눈에 하나의 점으로 보일 뿐이었다.

『불멸의 대마법사』 7권에 계속…

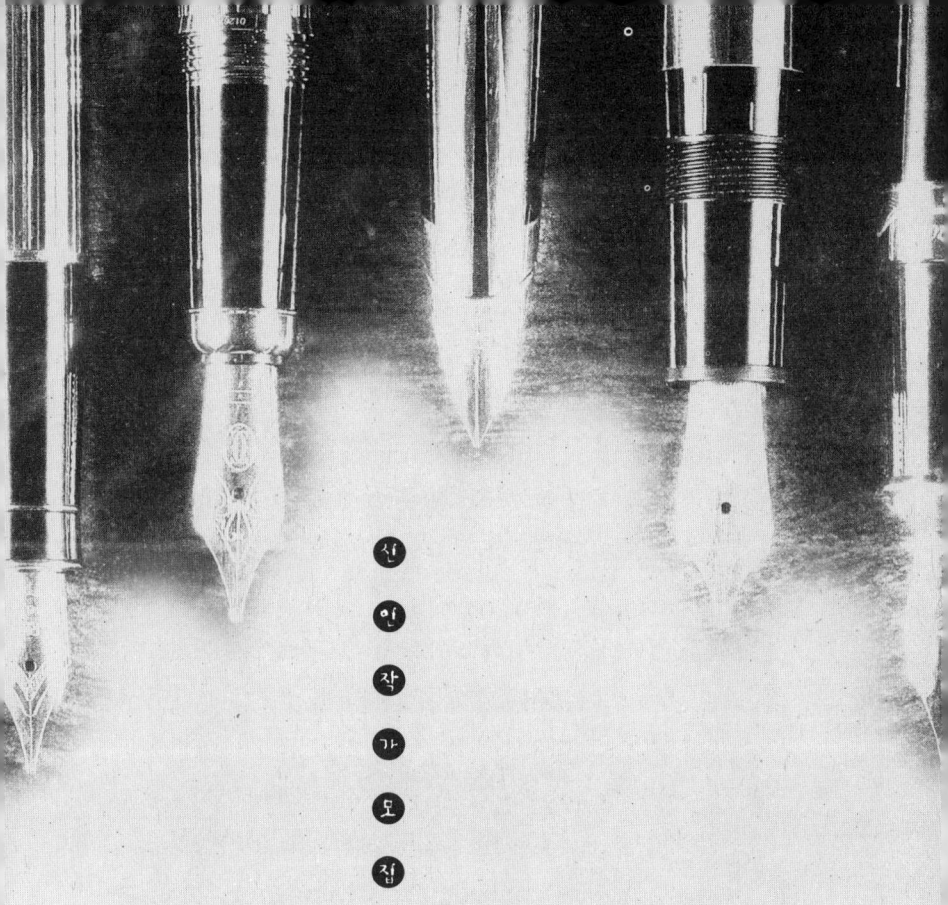

시작이 반이라고 했습니다.
작가의 길에 대한 보이지 않는 벽을 과감히 깨뜨리십시오!
청어람은 작가 지망생 여러분들의
멋진 방향타가 되어드리겠습니다.

저희 도서출판 청어람에서는
소설 신인 작가분들을 모집합니다.
판타지와 무협을 사랑하시는 분들의 많은 참여를 바랍니다.
소정의 원고(A4용지 150매)를 메일이나 우편으로 보내주시면
검토 후 출판 여부를 알려드리겠습니다.

주소:경기도 부천시 원미구 심곡2동 163-2 서경B/D 2F 우편번호 420-822
TEL:032-656-4452 · **FAX**:032-656-4453
http://**www.chungeoram.com**
e-mail:chungeoram@chungeoram.com

蒼龍魂

창룡혼

매은 新무협 판타지 소설

"살아라… 살아야 이기는 것이니라."

알 수 없는 스승의 유언.
그 후로… 그저 살아야만 했던 남자, 이극.

서신 하나 없이 사라진 오라버니를 찾아
홀로 무림맹에 대항하려는 소녀, 유서현.

어느 날,

두 사람이 운명으로 얽혔을 때,
메마른 무사의 혼이 다시금 불타오른다!

『창룡혼』

어둠으로 물든 하늘을 뚫고 솟아오를
위대한 창룡의 혼이여!
위선을 찢어발기고 천하를 밝히리라!

斷月劍帝

단월검제

강태훈 新무협 판타지 소설

"나 좀 도와주면
내가 제자가 되어줄게."

당돌한 제자 상천과 그저 그런 사부 종삼의 황당한 만남!

철석같이 신검이라 믿고 익힌 단월검을
진짜 신검으로 발전시킨 검제의 이야기!

**달조차 베어버릴
거대한 검의 신화가 열린다!**

Book Publishing CHUNGEORAM

유행이 아닌 자유추구
WWW.chungeoram.com